講談社文庫

三つの顔

大江戸閻魔帳(二)

藤井邦夫

講談社

目次

『三つの顔　大江戸閻魔帳（二）』——人物紹介

青山麟太郎《あおやまりんたろう》　元浜町《もとはまちょう》の閻魔《えんま》長屋に住む若い浪人。戯作者《げさくしゃ》閻魔堂赤鬼《あかおに》。
蔦《つた》　日本橋通油《にほんばしとおりあぶら》町《ちょう》の地本《じほん》問屋『蔦屋《つたや》』の二代目。蔦屋重三郎《じゅうざぶろう》の娘。
幸兵衛《こうべえ》　『蔦屋』の番頭。白髪眉《しらがまゆ》。
梶原八兵衛《かじわらはちべえ》　南町奉行所臨時《りんじ》廻《まわ》り同心。
辰五郎《たつごろう》　岡《おか》っ引《びき》。連雀《れんじゃく》町《ちょう》の親分。
亀吉《かめきち》　下《した》っ引《びき》。
彦造《ひこぞう》　『蔦屋』の二軒隣の口入屋《くちいれや》『布袋屋《ほていや》』の主《あるじ》。
柳亭馬風《りゅうていばふう》　権力者の悪事を糾弾《きゅうだん》する絵草紙《えぞうし》『直参《じきさん》悪党伝』で人気の戯作者。
藤兵衛《とうべえ》　一日一朱で護衛を頼んだ一人暮らしの隠居。
おゆい　仏具屋『秀宝堂《しゅうほうどう》』の娘。夫婦《めおと》約束した男たちが皆、急死してしまう。
おみよ　閻魔長屋に住む娘。大工『大吉《だいきち》』の文七《ぶんしち》と付き合っている。
堀田竜之介《ほったりゅうのすけ》　北町奉行所定町《じょうまち》廻り同心。
根岸肥前守《ねぎしひぜんのかみ》　南町奉行。麟太郎のことを気にかける。
正木平九郎《まさきへいくろう》　南町奉行内与力《うちよりき》。代々、根岸家に仕える。

三つの顔

大江戸閻魔帳《えんまちょう》（二）

第一話　三つの顔

一

浜町堀《はまちょう》に木枯《こがら》しが吹き抜け、堀端《ほりばた》を行き交う人々は言葉少なく足早だった。

戯作者《げさくしゃ》の青山麟太郎《あおやまりんたろう》は、書き終えた絵草紙を風呂敷に包んで抱え、俯《うつむ》き加減で堀端を通油町《とおりあぶらちょう》に向かった。

通油町の地本《じほん》問屋『蔦屋《つたや》』は、客が出入りしていた。

戯作者の青山麟太郎は、地本問屋『蔦屋』の暖簾《のれん》を潜《くぐ》った。

『蔦屋』に訪れた客たちは、店先に積まれた絵草紙を次々に買っていた。

凄《すご》い売れ行きの絵草紙だ……。

麟太郎は、眼を瞠《みは》った。

羨《うらや》ましい……。

麟太郎は、思わず喉《のど》を鳴らした。

「おや、麟太郎さん。いらっしゃい……」

番頭の幸兵衛《こうべえ》が、帳場から声を掛けて来た。

「やあ、番頭さん……」

麟太郎は、幸兵衛のいる帳場の傍《そば》の框《かまち》に腰掛けた。

「凄い売れ行きだな。誰の絵草紙だ」

麟太郎は、手代や小僧が客たちに次々に売っている絵草紙を示した。

「それはもう、柳亭馬風《りゅうていばふう》先生の直参《じきさん》悪党伝に決まっていますよ。いつも本当の話じゃあないかと専《もっぱ》らの評判でしてね。今度は何処《どこ》の悪旗本の話だと、皆さん、新作を楽しみにされているんですよ」

幸兵衛は、算盤《そろばん》を置いて嬉《うれ》しげに告げた。

「そうか、柳亭馬風さんか……」

柳亭馬風は、権力者の悪事を激しく糾弾《きゅうだん》する絵草紙を書き、江戸の庶民たちの支持を受けていた。だが、その素性は謎《なぞ》であり、直参の旗本だと噂《うわさ》されている。

麟太郎は知っていた。

噂の大部分が本当だと……。

戯作者柳亭馬風は、北島純之助《きたじまじゅんのすけ》と云《い》う名の下谷《したや》練塀小路《ねりべいこうじ》の組屋敷に暮らす御家人だった。

「処《ところ》で麟太郎さん、今日は……」

「うん。二代目はいるかな」

麟太郎は、地本問屋『蔦屋』の二代目主《あるじ》のお蔦《つた》に書き上げた絵草紙の原稿を持って来たのだ。

「ああ。お嬢さんですか……」

「うん……」

「生憎《あいにく》ですが、お嬢さんは先程《さきほど》お出掛けになりましたよ」

「出掛けている……」

麟太郎は、原稿を渡して稿料を貰《もら》う企《たくら》みが崩れたのに気付いた。

「ええ。書き上がったんですか、原稿……」

「う、うん……」

「宜《よろ》しければ、お預かり致しますよ」

「いや……」

原稿は、稿料と引き替えに渡さなければならない……。

麟太郎は、思わず言葉を濁した。

「そうですか。お嬢さんに麟太郎さんが原稿を持って来たらお預かりして、此《これ》をお渡ししろと言付《ことづ》かっていたのですがね……」

幸兵衛は、残念そうに小さな紙包みを出して見せた。

「えっ……」

金だ……。

お蔦は、麟太郎が原稿を持って来たらとりあえず稿料を渡すように幸兵衛に預けてあったのだ。

麟太郎は焦《あせ》った。

途端に、昨夜から何も食べていない空《す》きっ腹《ぱら》が鳴った。

「預ける。原稿は預ける」

麟太郎は、慌《あわ》てて風呂敷から原稿を出して幸兵衛に渡した。

「良いんですか……」

幸兵衛は苦笑した。

「うむ。良い。預ける」

麟太郎は、幸兵衛に原稿を押し付けた。

「分かりました。確かにお預かりします。では此を……」

幸兵衛は、小さな紙包みを麟太郎に差し出した。

「忝《かたじけな》い……」

麟太郎は、嬉しげに小さな紙包みを受け取った。

地本問屋『蔦屋』は、柳亭馬風の絵草紙を買いに来た客で賑《にぎ》わい続けた。

熱燗《あつかん》の酒は、空きっ腹に染み渡った。

「美味《うま》い……」

麟太郎は、思わず呟《つぶや》いた。

渡された小さな紙包みには、一朱銀が二枚入っていた。

麟太郎は、二枚の一朱銀を握り締めて馴染《なじみ》の蕎麦屋《そばや》に駆け込んだ。

昼飯時の過ぎた蕎麦屋に客は少なく、麟太郎は酒と掛《かけ》蕎麦の大盛りを頼んだ。

酒は美味かった。

「おまちどおさま……」

蕎麦屋の親父が、大盛りの掛蕎麦を持って来た。

「おう。待ち兼ねた……」

麟太郎は、掛蕎麦を肴《さかな》に酒を飲んだ。

「麟太郎さん……」

親父は、帳場の框に腰掛けて煙管《きせる》を燻《くゆ》らせた。

「何だ……」

「柳亭馬風の直参悪党伝、面白いねえ」

「えっ。親父も読んでいるのか……」

「そりゃあもう。今度出た絵草紙の悪旗本の水森監物《みずもりけんもつ》ってのは、本郷《ほんごう》は御弓町《おゆみちょう》の水野《みずの》監物の事かね」

馬風は、浅野《あさの》内匠頭《たくみのかみ》を塩冶《えんや》判官《はんがん》、吉良《きら》上野介《こうずけのすけ》を高師直《こうのもろなお》とした仮名手本忠臣蔵のように登場人物の名を変え、実際の事件の真相を面白可笑《おか》しく書いていた。

「さあな、俺は読んでいないから何とも云えないな」

「いや。そうに決まっているよ」

親父は断定し、何度も頷《うなず》いた。

だったら訊《き》くな……。

麟太郎は、掛蕎麦を啜《すす》りながら腹の内で呟いた。

「それにしても悪い奴だね、水野監物は。本郷の屋敷には石が投げ込まれているって話だが、俺も投げ込んでやりたいよ」

「そうか……」

「まあ、何だね。閻魔堂《えんまどう》の先生も此ぐらいの絵草紙を書かないと、いつ迄《まで》経っても掛蕎麦の大盛りですぜ」

親父は、煙草盆《たばこぼん》に煙管の灰を落して板場に入って行った。

糞《くそ》親父、折角《せっかく》の酒が不味《まず》くなった……。

麟太郎は、腹の中で悪態をつきながら酒を飲んだ。

親父が、板場から徳利《とっくり》を持って来た。

「此奴《こいつ》はあっしの奢《おご》り。ま、頑張《がんば》って下さいよ……」

飯台に置かれた徳利は、仄《ほの》かな湯気を揺らしていた。

「流石《さすが》は親父、気が利くな……」

麟太郎は、親父についた悪態を直《す》ぐに忘れた。

陽は西に傾き始めた。

翌日。

閻魔長屋はおかみさんたちの洗濯とお喋《しゃべ》りの時も過ぎ、静けさが戻っていた。

腰高障子《こしだかしょうじ》が叩《たた》かれた。

麟太郎は、潜《もぐ》り込んでいた煎餅布団《せんべいぶとん》から顔と手足を出して欠伸《あくび》をした。

「麟太郎さん……」

お蔦が麟太郎の名を呼び、腰高障子を叩いていた。

「おう。心張棒《しんばりぼう》は掛けていないよ……」

麟太郎は、煎餅蒲団を出ながら告げた。

「じゃあ、入りますよ……」

腰高障子を開け、地本問屋『蔦屋』の二代目主のお蔦が入って来た。

「昨日は助かった。礼を云うよ、二代目……」

麟太郎は、煎餅蒲団を二つ折りにして壁際《かべぎわ》に押し、稿料の礼を述べた。

「いいえ。それより麟太郎さん、ちょいと聞いて貰いたい事があるのよ」

お蔦は眉《まゆ》をひそめた。

「二代目、話は聞くが、その前に顔を洗って来るよ」

麟太郎は、手拭《てぬぐい》と房楊枝《ふさようじ》を持って井戸端に出て行った。

「もう……」

お蔦は苛立《いらだ》った。

残り飯と野菜の切れ端を入れた雑炊《ぞうすい》は、湯気を盛大に昇らせた。

お蔦は、出来上がった雑炊を椀《わん》に装《よそ》って麟太郎に差し出した。

「どうぞ……」

「ありがたい。久し振りの真っ当な朝飯だ」

麟太郎は、嬉しそうに雑炊を啜った。

「ああ、美味い。して二代目、用とは何だ」

「うん。実はね、昨日、柳亭馬風さんに呼ばれて練塀小路の御組屋敷に行ったのよ」

戯作者柳亭馬風は、本名を北島純之助と云う小普請組《こぶしんぐみ》の御家人であり、下谷練塀小路の組屋敷で暮らしていた。

「うん。馬風さんの直参悪党伝、随分《ずいぶん》と売れているな。羨ましいよ」

「そんな事より麟太郎さん、馬風さん、御組屋敷にお伺《うかが》いした私に書き掛けの絵草紙の原稿を預かってくれと渡したのよ」

「書き掛けの絵草紙の原稿を……」

麟太郎は、怪訝《けげん》な面持《おもも》ちで雑炊を啜る箸《はし》を止めた。

「ええ。何だか随分と恐い顔をしてね」

「ふうん。どうしたのかな……」

「それで馬風さん、此から人と逢《あ》うとお出掛けになって、私は預かった原稿を持って帰って来たんですけど……」

「一晩経っても、何か気になるか……」

「ええ。何だか不吉な予感がして。だから此から行ってみようと思うんだけど、一緒に行ってくれないかしら……」

お蔦は、麟太郎に頼んだ。

「お安い御用だ。もう一杯食べてお供するよ」

麟太郎は、雑炊を椀に装って掻《か》き込んだ。


下谷練塀小路の組屋敷街には、物売りの声が長閑《のどか》に響いていた。

北島の組屋敷は木戸門を閉め、静けさに覆《おお》われていた。

「此処《ここ》なのだな……」

「ええ……」

麟太郎とお蔦は、北島の組屋敷を窺《うかが》った。

「何だ、おぬしたちは……」

背後から年寄りの声がした。

麟太郎とお蔦は振り返った。

袖無《そでな》し羽織《ばおり》を纏《まと》った白髪《しらが》頭の隠居が、厳しい眼で麟太郎とお蔦を見据《みす》えていた。

「ああ。私たちは北島さんの知り合いで、ちょいと用がありましてね」

麟太郎は告げた。

「北島どのの知り合い……」

隠居は、白髪眉をひそめた。

「ええ……」

麟太郎は頷いた。

「おぬし、知らずに来たのか……」

「えっ。北島さん、どうかされたのですか……」

麟太郎は、戸惑いを浮かべた。

「うむ。今朝《けさ》早く、和泉橋《いずみばし》の袂《たもと》で血塗《ちまみ》れになって倒れているのを蜆売《しじみう》りが見付けてな……」

隠居は囁《ささや》いた。

「馬風さん、いえ、北島さまが血塗れ……」

お蔦は驚いた。

「うむ……」

隠居は頷いた。

「それで、北島さんは……」

「直ぐに近くの町医者に担《かつ》ぎ込まれてな。それで御新造の由利《ゆり》どのが駆け付けられた……」

隠居は、心配そうに北島屋敷を眺《なが》めた。

「そうでしたか。北島さん、何者かに襲われたのですか……」

麟太郎は眉をひそめた。

神田川《かんだがわ》の流れは煌《きら》めいていた。

麟太郎とお蔦は、神田川に架かっている和泉橋の袂にやって来た。

和泉橋の袂には、真新しい土が撒《ま》かれていた。

「北島さん、此処で何者かに襲われ、斬られたようだな」

「えっ……」

お蔦は、眉をひそめて辺りを見廻《みまわ》した。

「自身番の者たちが土を撒いて血を隠したんだ」

麟太郎は、真新しい土を示した。

「そうなの……」

「よし。北島さんの担ぎ込まれた玉池稲荷《たまいけいなり》の傍の半井玄庵《なからいげんあん》先生の処に行ってみよう」

麟太郎とお蔦は、玉池稲荷に急いだ。


町医師半井玄庵の家は、玉池稲荷の横手にあった。

麟太郎とお蔦は、半井玄庵の家に急いだ。

岡《おか》っ引《ぴき》の連雀《れんじやくちよう》町の辰五郎《たつごろう》が、半井玄庵の家から出て来た。

「おお、連雀町の親分……」

麟太郎は立ち止まった。

「やあ。麟太郎さんじゃありませんか……」

辰五郎は、戸惑いを浮かべた。

「親分、北島さんか……」

麟太郎は尋《たず》ねた。

「え、ええ。麟太郎さん、北島純之助さまとお知り合いなんですか……」

辰五郎は、探る眼差《まなざ》しを向けた。

「ええ。ちょいとね。して、北島さんは……」

「そいつが、今し方、御新造さまに看取《みと》られて……」

辰五郎は、残念そうに首を横に振った。

戯作者柳亭馬風こと御家人北島純之助は、妻の由利に見守られて息を引き取った。

「二代目……」

「ええ。私、御新造さまに逢って来ます」

「うん……」

麟太郎は頷いた。

お蔦は、半井玄庵の家に駆け込んで行った。

「して親分……」

「麟太郎さん、ちょいとそこで……」

辰五郎は、赤い幟旗《のぼりばた》を風に翻《ひるがえ》している玉池稲荷の茶店に麟太郎を誘った。

「左肩から右脇腹に袈裟懸《けさが》けの一太刀……」

麟太郎は眉をひそめた。

「ええ。辻斬《つじぎ》りか辻強盗。何《いず》れにしろ殺《や》ったのは侍だと梶原《かじわら》の旦那《だんな》が……」

辰五郎は、南町奉行所臨時廻《りんじまわ》り同心の梶原八兵衛《はちべえ》の睨《にら》みを告げた。そして、北島純之助を斬った者が浪人だった場合を考え、探索を始めていた。

北島純之助は御家人であり、町奉行所の手は及ばない。だが、斬った者が浪人ならば町奉行所の支配下にあり、放っては置けない。

「ええ。それで今、亀吉《かめきち》と界隈《かいわい》の浪人を調べていましてね。あっしは、北島さまが気を取り戻せば、何か訊き出せるかと思って詰めていたんですが、気を失ったまま……」

辰五郎は、悔《くや》しげに顔を歪《ゆが》めた。

「息を引き取られましたか……」

「ええ……」

「親分、北島純之助さん、恨《うら》みを買っていたってのはありませんか……」

「さあて、そこの処は未《ま》だ……」

辰五郎は、首を横に振った。

「そうですか……」

「処で麟太郎さんは、北島さまとはどのような拘《かかわ》りが……」

「実は親分、北島さんは絵草紙を書いていましてね。それで……」

梶原や辰五郎が、北島の妻の由利に訊けば何れは分かる事だ。

下手な隠し立てはしない方が良い……。

「へえ。北島さまは絵草紙を書いていたんですか……」

辰五郎は驚いた。

「ええ……」

「で、どんな絵草紙を……」

「うん。直参悪党伝って奴ですよ」

「えっ。直参悪党伝って柳亭馬風の……」

辰五郎は、柳亭馬風の絵草紙『直参悪党伝』を知っていた。

「知っていますか……」

「そりゃあもう。じゃあ、柳亭馬風ってのは北島純之助さまなのですか……」

「そうです」

麟太郎は頷いた。

「そうなのですか。いや、助かりました。直ぐに梶原の旦那に報せます」

「ええ……」

「では、御免《ごめん》なすって……」

辰五郎は、麟太郎に礼を述べて足早に立ち去った。

麟太郎は見送った。

下手人は、御家人の北島純之助ではなく戯作者の柳亭馬風を斬ったのかもしれない。

麟太郎は、不意に気付いた。

御家人の北島純之助を恨んでいる者はいなくても、戯作者の柳亭馬風を恨んでいる者はいる。

権力を振り翳《かざ》し、弱い者を痛め付けて甘い汁を吸っていると、『直参悪党伝』で名を僅《わず》かに変えて世間に告発された者たちだ。

そうした者たちの誰かが、柳亭馬風が御家人北島純之助だと気が付いての凶行なのかもしれない。

麟太郎は読んだ。

「麟太郎さん……」

お蔦が、町医師半井玄庵の家から出て来た。

「おう……」

麟太郎は、お蔦に駆け寄った。

「どうした」

「御新造の由利さまが、馬風さんをお屋敷に運びたいと……」

「分かった。自身番に行って手配りをする」

麟太郎は、小泉町の自身番に走った。

玉池稲荷の赤い幟旗がはためいた。


麟太郎とお蔦は、小泉町の自身番の者たちと北島純之助の遺体を組屋敷に運んだ。

隣近所の組屋敷の者たちが集まり、弔《とむら》いの仕度《したく》が始まった。

此迄《ここまで》だ……。

麟太郎とお蔦は、柳亭馬風こと北島純之助の弔いを組屋敷の者たちに任せた。

組屋敷の者たちに、北島純之助が戯作者柳亭馬風だと知る者はいない。

麟太郎とお蔦がいると、組屋敷の者たちに余計な詮索《せんさく》をさせて由利に迷惑掛けるかもしれない。

麟太郎とお蔦は由利に挨拶《あいさつ》をし、戯作者柳亭馬風の遺体に手を合わせて組屋敷を出た。

二

浜町堀の流れは煌めいていた。

麟太郎とお蔦は、通油町に帰って来た。

「面倒に巻き込んで御免なさいね」

お蔦は、吐息《といき》混じりに詫《わ》びた。

「いや。詫びるには及ばない……」

麟太郎は笑った。

「それにしても馬風さん、どうして殺されたのかしら……」

お蔦は眉をひそめた。

「うん。南町の梶原の旦那や辰五郎の親分たちが何か摑《つか》んだかもしれないな……」

「だったら、ちょっと訊いてみてくれないかしら、お願い……」

お蔦は、麟太郎に手を合わせた。

「よし。分かった……」

麟太郎は頷き、お蔦を地本問屋『蔦屋』に送り、南町奉行所に向かった。

陽は大きく西に傾き、周りの雲を赤く染め始めた。


暮六《くれむ》つ（午後六時）が近付いた。

南町奉行所は表門を閉める時が近付き、様々な者たちが忙《せわ》しく出入りしていた。

麟太郎は表門の外に佇《たたず》み、臨時廻り同心梶原八兵衛や岡っ引の辰五郎と下《した》っ引《ぴき》の亀吉が現れるのを待った。

僅かな刻が過ぎ、梶原八兵衛が一人で表門から出て来た。

「梶原さん……」

麟太郎は、梶原の前に進み出た。

「こりゃあ麟太郎さん……」

梶原は微笑《ほほえ》んだ。


南町奉行所は、外濠《そとぼり》に架かっている数寄屋橋《すきやばし》御門内にある。

梶原は、数寄屋橋御門を渡って古い小料理屋に麟太郎を誘った。

梶原は、麟太郎と小料理屋の小座敷に落ち着き、酒と肴を注文した。

「して用ってのは、御家人北島純之助殺しの一件だね」

梶原は、麟太郎に笑い掛けた。

「はい……」

麟太郎は頷いた。

「北島純之助があの名高い柳亭馬風だったとは、驚いたよ」

梶原は、辰五郎から北島純之助が戯作者柳亭馬風だと既に聞いていた。

「でしょうね。で、北島さんを斬った者の見当、付いたのですか……」

「そいつが、御家人北島純之助は小普請組の目立たない人でね。小普請仲間とも余り付き合いがなく、他人と揉《も》めたり、恨みを買うような事は一切なかったようだ」

梶原は、運ばれて来た酒を手酌《てじゃく》で飲んだ。

「真面目《まじめ》で穏やかな人ですか……」

御家人の北島純之助としては、他人と揉めて恨みを買って殺されたとは思えない。

だとしたら、狙われたのはやはり戯作者の柳亭馬風なのだ。

麟太郎は酒を飲んだ。

「麟太郎さん、柳亭馬風の書いた直参悪党伝って絵草紙、大層《たいそう》な人気だそうだね」

「ええ。羨ましい程の売れ行きですよ」

麟太郎は、同じ戯作者としての本音を僅かに晒《さら》した。

「俺も慌てて一冊、読んでみたが、中々面白かったよ」

「そうですか……」

「それにしても、書かれた方はたまったもんじゃあないな」

梶原は苦笑した。

「ですが、実名は書いてませんよ……」

「しかし、一字違いの名前と屋敷の場所を読めば、何処《どこ》の旗本御家人かはおよそ見当がつく書き方だぜ」

「まあ。そいつが狙いで書いていたんでしょうがね」

麟太郎は笑った。

「そこでだ麟太郎さん、戯作者の柳亭馬風は御家人の北島純之助と違い、かなりの恨みを買っているようだな」

梶原は読んだ。

「ええ。で、梶原さんは、此度《こたび》の一件、絵草紙に書かれた旗本御家人の誰かが恨んでの仕業だと……」

「かもしれない。で、連雀町と亀吉が、書かれたとはっきり分かる旗本御家人が今どうしているか訊き廻っているよ」

「そうですか……」

「それにしても麟太郎さん、北島純之助ってのは、思いも掛けぬ正義の心の持ち主だった訳だ……」

「ええ。柳亭馬風は人を見る眼も厳しく、正邪のけじめをはっきりつける筆の鋭い戯作者で、そこに人の道としての間違いはなく、書かれた者も真実を突き付けられ、表立って文句も付けられずって処ですか……」

麟太郎は、皮肉っぽく笑った。

「ああ。下手に文句を付ければ、書かれている直参悪党が自分だと認めた事になるしな」

梶原は頷いた。

「ええ。上手《うま》くしたものですよ」

「うむ。だが、どうやらそいつが命取りになったようだ……」

梶原は酒を飲んだ。

「ええ……」

麟太郎は、手酌で酒を飲んだ。

日本橋川《にほんばしがわ》の流れには月影が揺れていた。

麟太郎は、数寄屋橋御門前で梶原八兵衛と別れて外濠の堀端を進み、日本橋川に架かっている江戸橋《えどばし》に差し掛かった。

絵草紙『直参悪党伝』は、既に五冊も出されて売れ切れている。

その五冊の絵草紙に書かれた悪直参の誰かが、戯作者の柳亭馬風を恨み、その素性を調べて御家人の北島純之助に辿《たど》り着いた。

そして、神田川に架かる和泉橋の袂で恨みを晴らした……。

麟太郎は、日本橋川に架かっている江戸橋を渡って浜町堀に向かった。

もし、柳亭馬風の素性を調べるとしたら何処でだ……。

麟太郎は推し測った。

先《ま》ずは版元だ……。

柳亭馬風を調べるとしたら、先ずは絵草紙『直参悪党伝』を出している版元の地本問屋『蔦屋』を訪ねる筈《はず》だ。

よし……。

麟太郎は、閻魔長屋のある元浜町を通り過ぎて通油町の地本問屋『蔦屋』に行く事にした。

麟太郎は、地本問屋『蔦屋』のある通油町に出た。

夜の通油町に行き交う人は少なかった。

地本問屋『蔦屋』は、大戸を閉めて小さな軒行燈《のきあんどん》を灯《とも》していた。

麟太郎は、地本問屋『蔦屋』に進んだ。

闇に黒い影が揺れた。

麟太郎は、咄嗟《とっさ》に暗がりに潜んで黒い影を見詰めた。

黒い影は、頬被《ほおかぶ》りをした袴《はかま》姿の侍だった。

麟太郎は見定めた。

頬被りの侍は、地本問屋『蔦屋』を窺った。

夜の地本問屋『蔦屋』には、主のお蔦と婆《ばあ》や、住込みの手代が二人と小僧、女中の六人がいる。

番頭の幸兵衛は、堀留《ほりどめ》二丁目の家から通って来ていた。

頬被りの侍は、地本問屋『蔦屋』の裏手に続く横手の路地に入って行った。

まさか、押込むつもりか……。

麟太郎は、緊張して地本問屋『蔦屋』の表に走った。そして、潜り戸を激しく叩いた。

「ど、何方《どなた》ですか……」

地本問屋『蔦屋』の店内から、手代の警戒する声がした。

「俺だ。閻魔堂赤鬼《あかおに》だ……」

麟太郎は、路地に入った頰被りの侍にも聞こえるように大声で怒鳴《どな》った。

頰被りの侍が、押込もうとしていたなら止《や》める筈《はず》だ。

店に明かりが灯された。

よし……。

麟太郎は、頰被りの侍を追って横手の路地に駆け込もうとした。

刹那《せつな》、横手の路地から頰被りの侍が飛び出して来た。

麟太郎は、咄嗟に立ちはだかって身構えた。

頰被りの侍は、抜打ちの一刀を鋭く放った。

麟太郎は、大きく跳び退いた。

次の瞬間、頰被りの侍は抜き身を手にして身を翻した。

しまった……。

麟太郎は狼狽《うろた》えた。

頬被りの侍は、夜の闇に逃げ去った。

おのれ……。

麟太郎は、追い掛けるのを止めて地本問屋『蔦屋』に戻った。そして、潜り戸を叩いた。

「俺だ。開けてくれ……」

「は、はい……」

手代が潜り戸を開けた。

麟太郎は、素早く地本問屋『蔦屋』に入った。

地本問屋『蔦屋』の店内には明かりが灯され、お蔦と婆や、女中、小僧たちが怯《おび》えた面持ちで集まっていた。

麟太郎は、暗い外を油断なく見廻し、不審な事のないのを見定めて潜り戸を閉めた。

「どうしたの、麟太郎さん……」

お蔦は眉をひそめた。

「うん。怪しい侍が蔦屋を窺っていて、横手の路地に入って行ったのでな」

麟太郎は告げた。

「怪しい侍……」

お蔦、婆や、手代、女中、小僧たちは、怯えを募らせた。

「それで怒鳴ったのだが、奥に変わった事はないか……」

「べ、別にないと思うけど……」

お蔦は、不安を滲《にじ》ませた。

「よし。見定めよう。皆は此処にいろ。二代目、案内してくれ」

麟太郎は指示した。

「はい……」

麟太郎は、お蔦と共に手燭《てしょく》に火を灯して奥に進んだ。

居間、座敷、仏間、お蔦の部屋、婆や、手代や小僧、女中の部屋……。

麟太郎とお蔦は、店と母屋《おもや》に連なる部屋と台所、納戸、風呂、厠《かわや》などの見廻りをした。

何処にも怪しい者はいなく、雨戸などを抉開《こじあ》けようとした不審な形跡もなかった。

「よし、戸締まりを確かめて休むが良い……」

麟太郎は、奉公人たちに部屋に戻るように告げた。

「でも、麟太郎さん。此《これ》じゃあ落ち着いて眠れないわよ……」

お蔦と婆やたち奉公人は、不安に包まれていた。

「そいつは分かるが……」

麟太郎は、戸惑いを浮かべた。

「そうだ、麟太郎さん。今夜は泊まってくれないかしら……」

お蔦は微笑んだ。

「泊まる……」

「ええ。用心棒として麟太郎さんが泊まってくれれば、みんなも安心して眠れると思うの。ねっ、そうしてくれない。御礼はするから」

お蔦は、麟太郎に手を合わせた。

婆や、手代、女中、小僧たち奉公人も麟太郎に縋《すが》る眼を向けた。

用心棒代が貰える……。

麟太郎は、腹の内で素早く算盤《そろばん》を弾いた。

「よし。分かった。用心棒、引き受けよう」

麟太郎は、厳しい面持ちで尤《もっと》もらしく頷いた。

「じゃあ決まり。みんな、聞いての通りだから安心して休んで……」

お蔦は笑った。

「はい……」

婆やたち奉公人は、安堵《あんど》を浮かべてそれぞれの部屋に引き取った。

長火鉢《ながひばち》に掛けられた鉄瓶《てつびん》から湯気があがり、揺れた。

お蔦は、麟太郎を居間に通して茶を淹《い》れた。

「でも、本当に良く通り掛かってくれたわね」

「いや。南町奉行所の梶原の旦那と逢った帰りでな、ちょいと訊きたい事があって来たのだ。そうしたら頬被りをした侍がいてな……」

「そうだったんですか……」

「うん……」

「それにしても、侍一人の押込みなんて聞いた事もないし、何かしら……」

お蔦は首を捻《ひね》った。

「ひょっとしたら、北島純之助殺しに拘りがあるのかもしれない」

麟太郎は読んだ。

「そうねえ。それで麟太郎さん、梶原の旦那は、北島純之助さま殺しをどう見ているんですか……」

「そいつが、やはり御家人の北島純之助殺しと云うより、戯作者の柳亭馬風殺しだと睨んでいたよ」

麟太郎は、お蔦の淹れてくれた茶を飲んだ。

「やっぱり……」

「そこでだ二代目、北島さんを斬った奴は、どうして戯作者の柳亭馬風が御家人の北島純之助だと知ったかだ……」

「ええ……」

お蔦は眉をひそめた。

「そいつを知る為《ため》には、先ずは版元に訊きに来る筈だ」

「そうね……」

お蔦は頷いた。

「で、どうだ。戯作者柳亭馬風の素性を嗅《か》ぎ廻っている侍はいなかったか……」

麟太郎は、お蔦を見詰めた。

「さあ、急にそう云われても……」

お蔦は、困惑を浮かべた。

「じゃあ、侍に限らずいなかったかな」

「そうねえ……」

お蔦は、困惑を募らせた。

「じゃあ、二代目じゃあなく、店《たな》の誰かに訊いたのかな」

「それはないと思うわ」

お蔦は、即座に否定した。

「ない……」

麟太郎は、戸惑いを浮かべた。

「ええ……」

「何故《なにゆえ》……」

「柳亭馬風さんの絵草紙の原稿は、私だけが組屋敷に貰いに行く事になっているから……」

「じゃあ、店の者たちは柳亭馬風を余り良く知らないのか……」

「ええ。番頭の幸兵衛さんも、馬風さんの身分や本名迄は知らない筈です」

お蔦は告げた。

「そうか……」

「でも明日、一応、番頭さんや手代にも訊いてみますよ」

「うん。そうしてくれ……」

麟太郎は頷いた。

「じゃあ麟太郎さん、今夜は宜《よろ》しくお願いしましたよ」

お蔦は、麟太郎に頭を下げた。

「おう。任せて置け。で、用心棒代だが……」

麟太郎は、ここぞとばかりに尋ねた。

「ああ、それなら稿料の二朱でね」

お蔦は、素早く切り返した。

「えっ……」

麟太郎は、思わず仰《の》け反《ぞ》った。

「それから、絵草紙は書き直しね」

お蔦は、致命的な二の矢を放って自分の部屋に引き取った。

麟太郎は激しく落胆し、呆然《ぼうぜん》と座り込んだままだった。

長火鉢の上の鉄瓶は湯気を噴《ふ》き上げ、低い音を鳴らした。


番頭の幸兵衛、手代、小僧たち客の相手をする者たちは、柳亭馬風の本名や素性についで聞かれた覚えはないと口を揃《そろ》えた。

「じゃあ、どうやって馬風さんが御家人の北島純之助さまだと知ったのかしら……」

お蔦は困惑した。

「うむ。先ずは北島さんが己《おのれ》から告げたか、二代目を尾行《つけ》て北島さんを割り出したか……」

麟太郎は推し測った。

「私を尾行て……」

お蔦は驚いた。

「うん……」

密かに柳亭馬風の本名や素性を突き止めるには、版元の地本問屋『蔦屋』を見張るしかない。そして、二代目主のお蔦を尾行て御家人北島純之助に辿り着いたのかもしれない。

お蔦は、麟太郎の読みを聞いて恐ろしげに身を竦《すく》めた。

「それにしても良く分からないのは、昨夜の頰被りの侍だ。ひょっとしたら、奴が馬風さんを斬ったのかもしれぬが、昨夜、蔦屋に来て何をしようとしたのかな……」

麟太郎は眉をひそめた。

「ええ……」

お蔦は頷いた。

番頭の幸兵衛がやって来た。

「麟太郎さん、連雀町の辰五郎親分がおいでですよ」

幸兵衛は告げた。

「連雀町の親分が……」

「番頭さん、上がって貰《もら》って下さい」

お蔦は、幸兵衛に告げた。


岡っ引の連雀町の辰五郎と下っ引の亀吉は、戯作者柳亭馬風の書いた絵草紙『直参悪党伝』五巻に出て来た直参悪党を検《あらた》め、題材とされた旗本や御家人を洗っていた。

「で、どうでした……」

麟太郎は尋ねた。

「そいつが、柳亭馬風の書いた五巻の直参悪党伝に出て来た旗本御家人をちょいと調べたんですがね。一人は既に亡くなっており、二人は隠居。で、残る二人は北島純之助さんが斬られた夜、何処で何をしていたかはっきりしていましたよ」

辰五郎は告げた。

「じゃあ今の処、五巻の直参悪党伝に書かれた旗本や御家人に怪しい奴はいませんか……」

麟太郎は眉をひそめた。

「ええ。ですが、誰かにやらせたってのもあるので、未だ調べは続けますがね」

辰五郎は、厳しさを過ぎらせた。

「親分さん、北島さまは、殺された夜、何処に行っていたんですか……」

お蔦は尋ねた。

「そいつが未だ良く分からないのだが、御新造さまのお話じゃあ、知り合いの旗本に逢うと云ってお出掛けになったと……」

「ですが、その旗本が何処の誰かは分かりませんか……」

麟太郎は読んだ。

「ええ。処で麟太郎さんの方は何か……」

「それなんですがね……」

麟太郎は、辰五郎と亀吉に頬被りの侍の事を話し始めた。

三

連雀町の辰五郎と亀吉は、御家人の北島純之助の殺された日の足取りを追い、誰と逢ったか突き止める事にして地本問屋『蔦屋』から帰った。

昨夜、地本問屋『蔦屋』の周囲を彷徨《うろつ》いていた頬被りの侍は、何者で何をしようとしていたのか……。

麟太郎は気になり、地本問屋『蔦屋』の裏口から出た。そして、裏路地を迂回《うかい》して表に廻った。

通油町の通りには、多くの人が行き交っていた。

昨夜の頬被りの侍はいないか……。

麟太郎は、地本問屋『蔦屋』の表と辺りを窺った。

頬被りの侍はいない……。

麟太郎は、見定めて地本問屋『蔦屋』に戻ろうとした。

編笠を被った侍が、浜町堀に架かっている緑橋《みどりばし》の袂に佇んでいた。

麟太郎は気付き、物陰に潜んで編笠を被った侍を見守った。

編笠を被った侍は、誰かを待っているような風情で佇み、地本問屋『蔦屋』に出入りしている者を窺っていた。

編笠を被った侍の様子と身のこなしは、頬被りの侍と良く似ている。

麟太郎の勘が囁いた。

もし、昨夜の頬被りの侍なら何が狙いなのだ。

よし……。

麟太郎は、地本問屋『蔦屋』に戻った。


四半刻《しはんとき》（約三十分）が過ぎた。

地本問屋『蔦屋』からお蔦が出て来た。

お蔦は、緊張した面持ちで浜町堀に架かっている緑橋に向かった。そして、緑橋を渡って両国広小路《りょうごくひろこうじ》の方に向かった。

緑橋の袂に佇んでいた編笠の侍は、お蔦を追った。

やはり、二代目が狙いなのだ……。

麟太郎は見定め、地本問屋『蔦屋』の横手の路地を出て、お蔦を追う編笠の侍を追った。

お蔦は、横山町《よこやまちょう》一丁目から二丁目に進んだ。

編笠の侍は追った。

二代目に何の用があるのだ……。

麟太郎は、編笠の侍の後を尾行てその狙いを見定めようとした。

お蔦は、後ろを振り返ってみたい気持ちを懸命に押さえて進んだ。

両国広小路は近い……。

両国広小路の雑踏に入られては見失う……。

編笠の侍は焦《あせ》った。

地本問屋『蔦屋』のお蔦は、柳亭馬風から何を聞いているのか……。

編笠の侍は、お蔦から訊き出すつもりだ。

その為には、両国広小路に入る前にお蔦を捕えて問い質《ただ》さなければならない。

是非《ぜひ》も無い……。

編笠の侍は、足を速めてお蔦に迫った。

麟太郎は、編笠の侍が歩調を速めたのに気付いた。

よし……。

麟太郎は、編笠の侍を小走りに追った。


編笠の侍は、お蔦を背後から捕まえて路地に引《ひ》き摺《ず》り込んだ。

「わっ。何するの、馬鹿……」

お蔦は驚き、激しく抗《あらが》った。

「柳亭馬風から何を聞いた」

編笠の侍は、お蔦に厳しく問い質した。

「馬風さんから……」

「ああ。最後に逢った時、馬風から何かを聞いた筈だ」

編笠の侍は、お蔦の首に廻した腕に力を込めた。

「何も聞いちゃいませんよ」

お蔦は、苦しく踠《もが》いた。

「おのれ、何をしている」

麟太郎が路地の出入口に現われ、鋭く一喝して入って来た。

編笠の侍は、咄嗟にお蔦を麟太郎に突き飛ばして身を翻した。

麟太郎は、突き飛ばされて来たお蔦を抱き止めた。

編笠の侍は、路地の奥に逃げて姿を消した。

「大丈夫か……」

麟太郎は心配した。

「ああ、恐かった。早く彼奴《あいつ》を追い掛けて……」

お蔦は、胸を押さえて乱れた息を整えた。

「そいつは心配ない……」

麟太郎は、小さな笑みを浮かべた。

「えっ……」

お蔦は、戸惑いを浮かべた。

「それより、奴は何を訊いた」

「馬風さんと最後に逢った時、何を聞いたかって……」

「馬風から何を聞いたか……」

麟太郎は眉をひそめた。

編笠の侍は、路地の奥を駆け抜けて裏通りに出た。

邪魔が入った……。

編笠の浪人は、お蔦から訊き出す事に失敗した。

邪魔をした若い侍は、昨夜『蔦屋』に忍び込むのを邪魔した奴かもしれない。

おのれ……。

編笠の侍は、息を整えて神田川沿いの柳原《やなぎわら》の通りに向かった。

下っ引の亀吉が物陰から現われ、編笠の侍を追った。

亀吉は、麟太郎と打ち合わせをして辰五郎と一緒に帰った振りをし、地本問屋『蔦屋』を見張った、そして、お蔦を尾行《つけ》る編笠の侍を麟太郎とは別に尾行していたのだ。

狙い通りだ……。

亀吉は、柳原通りを八ツ小路に行く編笠の侍を追った。

未《ひつじ》の刻《こく》八つ（午後二時）が過ぎた。

南町奉行の根岸肥前守《ねぎしひぜんのかみ》は、江戸城から南町奉行所内の役宅に戻った。

内与力《うちよりき》の正木平九郎《まさきへいくろう》が待っていた。

肥前守は、老妻綾乃《あやの》の介添えで着替えて茶を飲んだ。

「して平九郎、何があった……」

「はい。過日、神田川に架かる和泉橋の袂で斬殺《きりころ》されていた御家人の北島純之助どのにございますが……」

「うむ……」

「臨時廻り同心の梶原八兵衛によれば、直参悪党伝なる絵草紙を書いている戯作者の柳亭馬風だったと……」

平九郎は、肥前守に報せた。

「ほう。御家人の北島純之助が戯作者の柳亭馬風だったのか……」

肥前守は、その眼を僅かに光らせた。

「お奉行には柳亭馬風を御存知なのですか……」

「うむ。直参悪党伝なる絵草紙、二冊程眼を通したが、中々面白かった」

「そうでしたか……」

「うむ。して八兵衛は、北島は柳亭馬風として恨みを買って斬られたと申すか……」

肥前守は読んだ。

「仰《おお》せの通りにございますが……」

平九郎は、微《かす》かな戸惑いを浮かべた。

「直参悪党伝は、悪い噂のある旗本御家人の名を僅かに変え、その悪事を面白可笑《おか》しく書いてあってな。書かれた者は激しく狼狽《うろた》えるばかりだそうだ」

肥前守は苦笑した。

「成《な》る程《ほど》……」

平九郎は感心した。

「それにしても、絵草紙で面白可笑しく糾弾され、江戸の者たちに蔑《さげす》み侮《あなど》られる直参とは。御公儀の綱紀の緩みを厳しく粛正《しゆくせい》しなければならぬな」

肥前守は、厳しい面持ちで告げた。

「はい……」

平九郎は頷いた。

「して、戯作者柳亭馬風となると、閻魔堂赤鬼も絡んでいるか……」

「はい。柳亭馬風の直参悪党伝と閻魔堂赤鬼の大江戸閻魔帳は、地本問屋蔦屋と申す同じ版元から出していますので……」

「そうか、麟太郎がな……」

「左様にございます」

「平九郎、八兵衛に呉々《くれぐれ》も宜しくとな……」

肥前守は、穏やかな笑みを浮かべた。

神田川に架かっている昌平橋《しょうへいばし》を渡り、湯島《ゆしま》の通りから本郷の通りに進み、二丁目の辻を西に入ると御弓町になり、武家屋敷が連なっていた。

編笠の侍は、連なる武家屋敷の一軒に入った。

亀吉は、物陰から見届けた。

武家屋敷は、静けさに覆われていた。

編笠の侍の屋敷なのか……。

亀吉は、武家屋敷の主が誰か突き止めようとした。

行商の小間物屋《こまものや》が通りをやって来た。

亀吉は駆け寄った。

「ちょいとお尋ねしますが……」

亀吉は、小間物屋を呼び止めて懐《ふところ》の十手を見せた。

「何ですか……」

小間物屋は、亀吉に怪訝な眼を向けた。

「そこのお屋敷は、何方さまのお屋敷ですかね……」

亀吉は、編笠の侍の入った屋敷を示した。

「ああ、あそこは藤本《ふじもと》さまのお屋敷ですよ」

小間物屋は告げた。

「藤本さま……」

「ええ。藤本内蔵助《くらのすけ》さまのお屋敷ですよ」

「藤本内蔵助さま、どんな方ですかい……」

お蔦を追った編笠を被った侍が、藤本内蔵助なのかもしれない。

亀吉は、小間物屋の返事を待った。

「さあ、藤本さまのお屋敷には出入りしていないので、そこ迄はねえ……」

小間物屋は、藤本家を良く知らなかった。

「そうですか。造作を掛けましたね……」

亀吉は、礼を云って小間物屋と別れ、藤本家についての聞き込みを続けた。

戯作者柳亭馬風が云った言葉……。

お蔦は、柳亭馬風に呼ばれて下谷練塀小路の組屋敷を訪れた時の事を思い浮かべていた。

「どうだ二代目。馬風さんが何を云ったか思い出したか……」

麟太郎は尋ねた。

「それが、別に何も思い出さないのよね」

お蔦は困惑した。

「しかし、編笠の侍が知りたがっている処をみると、馬風さん、編笠の侍との遣《や》り取《と》りで、二代目に何か言い残したと云ったのだろうな」

麟太郎は読んだ。

「ええ。でもねえ……」

お蔦は首を捻った。

「二代目、馬風さんが呼んだ用とはなんだったのだ」

「それが、今度出す絵草紙の書き上がった分の原稿を預かってくれと……」

「書き上がった分だけの原稿か……」

「ええ……」

「で、馬風さん、どうしたのだ……」

「此から人と逢いに行くと仰《おつしや》って。ですから、私は失礼しましたよ」

「その時、馬風さん、二代目に何か云わなかったのか……」

麟太郎は、微かな苛立ちを覚えた。

「しつこいなあ。別に何も云いませんでしたよ……」

お蔦は、煩《わずら》わしそうに麟太郎を睨んだ。

「そうか……」

「ええ……」

「じゃあ二代目、預かった書き上がった分だけの原稿ってのは……」

「帳場の箪笥《たんす》にあるわよ」

「帳場の箪笥……」

「ええ。預かった原稿は、帳場にある鍵の掛かる箪笥に仕舞《しま》うのが、お父《と》っつあんの時からの蔦屋の決まりなのよ」

お蔦は告げた。

「へえ。そうなのか。ま、良い。その書き上がった分だけの原稿、見せてくれないか……」

「えっ……」

「その原稿に何か手掛りがあるかもしれぬ」

「そうねえ。馬風さんの書き掛けの原稿を商売敵《がたき》の閻魔堂赤鬼に見せるのはすっきりしないけど。ま、良いか。じゃあ持って来るからちょっと待っていて……」

お蔦は、麟太郎を居間に残して店に行った。

麟太郎は、鉄瓶の湯で茶を淹れて飲んだ。

「おまちどお……」

お蔦は、風呂敷包みを持って戻って来た。

「そいつが馬風さんから預かった原稿か……」

「ええ……」

お蔦は、風呂敷包みを解《ほど》いた。

中には『覚書』と書かれた冊子があった。

「あら、原稿じゃあないわね……」

お蔦は眉をひそめた。

「二代目も見るのは初めてか……」

「ええ……」

お蔦は頷いた。

「じゃあ、ちょいと見せて貰うよ」

麟太郎は、戯作者柳亭馬風の『覚書』を手に取って表紙を捲《めく》った。

『覚書』には、次に書く絵草紙『直参悪党伝』の題材が書き記されていた。

「次に書く絵草紙の覚書のようだな……」

麟太郎は、『覚書』を読み進めた。


本郷御弓町の屋敷に住む藤本内蔵助は、二百石取りの旗本で公儀の金奉行《かねぶぎょう》を勤めていた。

亀吉は、近所の旗本屋敷の中間《ちゅうげん》小者や出入りの商人たちに粘り強く聞き込みを掛けた。

藤本内蔵助は四十歳前後であり、家族は妻の佳乃《よしの》と弟で部屋住みの左内《さない》がいるだけで子供はいなかった。

編笠の侍は、その動きや身のこなしから見て四十前後の藤本内蔵助ではなく、三十歳過ぎの弟の左内なのかもしれない。

亀吉は読んだ。


「成る程……」

麟太郎は、馬風の『覚書』を読み終えて冷えた茶を飲んだ。

「ねっ。何が書いてあったの……」

お蔦は、茶を淹れ替えながら尋ねた。

「うん。勘定方《かんじょうかた》のある旗本が公儀の金を使い込んだ事。そいつが露見しそうになったので、上役に己の妻を献上して握り潰《つぶ》した。そして、立身出世を願い、上役たちに嫌がる己の妻を献上し続けているとな……」

麟太郎は、お蔦の淹れ替えてくれた新しい茶を飲んだ。

「酷《ひど》い旗本ね……」

お蔦は眉をひそめた。

「ああ。酷すぎる。そして、馬風さんは此の話を次の直参悪党伝に書こうとした。だが、逸早《いちはや》くそれに気が付いた旗本が馬風さんを斬り殺した……」

麟太郎は睨んだ。

「麟太郎さん……」

「二代目、戯作者柳亭馬風さんは襲われた時、事の次第は地本問屋の蔦屋のお蔦に話してあるので、自分を斬っても無駄な事だとでも云って牽制《けんせい》したのだろう」

「ええ。それで私が狙われた……」

「おそらくな……」

「で、その悪旗本、何処の何て奴なの……」

「さあな……」

「覚書に書いてないの……」

「うん。旗本の名前と屋敷が何処かは、馬風さんの頭の中にあったようだ」

麟太郎は眉をひそめた。

「そうなの……」

お蔦は落胆した。

「何《いず》れにしろ二代目。編笠の侍は、馬風さんが覚書を二代目に渡したとは知らず、何かを言い残したと思い、狙ったのだろう……」

「じゃあ昨夜も……」

「うむ。おそらく忍び込み、二代目に問い質そうと企てたのだ」

鱗太郎は読んだ。

「だったら、あの編笠の侍が悪旗本の陸《ろく》でなしなの……」

「いや。そいつは違うだろうな」

「違うって、どうしてよ」

お蔦は、頰を膨らませた。

「公金を横領し、上役に己の妻を献上して立身出世を企てる。そんな奴が頰被りをして忍び込もうとしたり、編笠を被って後を尾行たりするかな……」

鱗太郎は苦笑した。

「きっとしないわよねえ……」

お蔦は頷いた。

「ああ……」

「じゃあ、悪旗本の家来か、雇われた奴かもしれないわね」

お蔦は読んだ。

「ま、そんな処かもしれないな……」

鱗太郎は、漸《よう》く戯作者柳亭馬風こと御家人北島純之助斬殺事件の真相の入口に辿り着いた思いだった。

「お嬢さん、麟太郎さん、亀吉さんがおみえですよ」

番頭の幸兵衛が報せに来た。

「あら、そう。直ぐにお通しして下さい……」

お蔦は命じた。


本郷御弓町の旗本藤本屋敷……。

亀吉は、編笠の侍が入った屋敷を告げた。

「旗本の藤本屋敷、主は誰なんですか……」

麟太郎は尋ねた。

「藤本内蔵助さまと仰って、金奉行だそうです……」

「金奉行……」

麟太郎は眉をひそめた。

「はい……」

「金奉行って……」

お蔦は首を捻った。

「二代目、金奉行ってのは、勘定奉行の配下でな、金蔵《かねぐら》の出納《すいとう》を司《つかさど》り、帳簿の計理などをするのが役目だ」

鱗太郎は説明した。

金奉行は四人から七人おり、配下に金同心や金蔵番同心などがいた。

「へえ、じゃあ金蔵番ね……」

「まあな。して亀さん、あの編笠の侍は……」

「主の藤本内蔵助さまは四十前後だそうですから、左内って部屋住みの弟じゃあないかと思います」

亀吉は読んだ。

「部屋住みの弟の左内……」

「ええ。藤本家は主の内蔵助さまと奥方の佳乃さま。それに弟の左内の三人でしてね。後は初老の下男夫婦と若い小者たち奉公人がいます」

「成る程、弟の左内ですか……」

「ええ……」

「亀さん、金奉行の藤本内蔵助と佳乃夫婦に弟の左内、詳《くわ》しく調べてみますか……」

鱗太郎は、不敵な笑みを浮かべた。

四

夕暮れ時が近付いた。

本郷御弓町の旗本藤本屋敷は、夕陽に照らされていた。

麟太郎は、藤本屋敷を眺《なが》めていた。

藤本家に子供はおらず、屋敷は夕暮れ時の静けさに浸《ひた》っていた。

「麟太郎さん……」

亀吉は、親分の連雀町の辰五郎に報せてから藤本屋敷にやって来た。

「やあ、連雀町の親分は……」

麟太郎は迎えた。

「金奉行の藤本内蔵助さまがどんな人か梶原の旦那に調べて貰うと、南の御番所に行きました」

「そうですか……」

「ええ。で、藤本屋敷、何か変わった事はありましたか……」

「今の処、此と云って変わった事はありませんが……」

藤本屋敷の潜り戸が開いた。

「亀さん……」

麟太郎と亀吉は、素早く物陰に隠れた。

着流しの侍が、初老の下男と潜り戸から出て来た。

「では左内さま、お気を付けて……」

老下男は、着流しの侍を左内と呼んだ。

「うむ。じゃあな……」

左内と呼ばれた着流しの侍は、老下男に見送られて本郷の通りに向かった。

「弟の左内ですね」

「うん……」

麟太郎と亀吉は、着流しの侍を藤本左内だと見定めた。

「じゃあ、追いますか……」

「ええ……」

麟太郎と亀吉は、左内を追った。

左内は、本郷の通りに出て湯島の通りに進んだ。

麟太郎は、左内の足取りや身のこなしを見詰めた。

左内の足取りや身のこなしは、お蔦を追った編笠の侍と同じだった。

間違いない……。

麟太郎は、藤本左内が編笠の侍だと見極めた。


神田明神門前町《みようじんもんぜんちよう》の盛り場は賑わっていた。

左内は、盛り場の片隅にある居酒屋の暖簾を潜った。

麟太郎と亀吉は見届けた。

「今夜は浜町堀には行かないようですね」

亀吉は睨んだ。

「ええ……」

麟太郎は、亀吉の睨みに頷いた。

「さあて、どうします……」

亀吉は、麟太郎の出方を窺った。

「ちょいと覗《のぞ》いてみますか……」

「ええ。あっしは此処で……」

亀吉は頷いた。

「じゃあ……」

麟太郎は、居酒屋の暖簾を潜った。


「いらっしゃい……」

麟太郎は、若い衆に迎えられて店内に左内を捜した。

左内は、片隅で酒を飲んでいた。

よし、釘を刺してやる……。

麟太郎は、若い衆に酒を注文して左内の隣に座った。

「やあ、邪魔をします」

麟太郎は、左内に笑い掛けた。

左内は、麟太郎に僅かに会釈をして酒を飲み続けた。

「おまちどお……」

若い衆が、麟太郎に酒を持って来た。

「おう……」

麟太郎は、手酌で酒を飲み始めた。

昼間、お蔦を捕まえた時、邪魔した男……。

左内は気が付いた。

「私に何か用か……」

左内は、眼を逸《そ》らしたまま麟太郎に小声で訊いた。

「ええ……」

麟太郎は頷いた。

「おぬし、何者だ……」

「戯作者の閻魔堂赤鬼……」

麟太郎は、左内を見据えた。

「戯作者……」

左内は眉をひそめた。

「如何《いか》にも。此以上、下手な真似《まね》はしない方が身の為だ……」

麟太郎は、言外にお蔦から手を引けと匂わせた。

「人は誰しも秘密を抱えている。それを暴き、金にしようとするのは許せぬ……」

左内は、怒りを過ぎらせた。

怒りは、柳亭馬風に対するものだ。

「それ故、己の家の恥を晒さず、護《まも》る為に柳亭馬風さんを斬ったのか……」

「家……」

左内は眉をひそめた。

「左様……」

「家など、今更《いまさら》どうでもいい……」

左内は、嘲《あざけ》りを滲《にじ》ませた。

「どうでもいい……」

麟太郎は、戸惑いを浮かべた。

「ああ。大事なのは、家よりその中で踠《もが》き苦しむ人だ……」

左内は、怒りと哀しさを交錯させた。

佳乃に対する同情なのか……。

麟太郎は、左内の言葉を読んだ。

「して、私が柳亭馬風を斬ったと云う確かな証《あかし》、あるのか……」

「今は未だない……」

「ならば此迄だ……」

左内は酒を飲み干し、座を立った。

麟太郎は見送り、酒を飲んだ。

その夜、藤本左内は真っ直ぐに本郷御弓町の屋敷に帰った。

亀吉は見届けた。

左内は、柳亭馬風の戯作者仲間が動いているのを知り、地本問屋『蔦屋』の二代目主のお蔦に対しての行動を控える筈だ。

麟太郎は読んだ。


翌朝。

麟太郎と亀吉は、本郷御弓町の藤本屋敷を見張り続けた。

主の藤本内蔵助は妻の佳乃に見送られ、小者を従えて肥った身体《からだ》を揺らして登城した。

妻の佳乃は、夫の内蔵助より十歳程若く嫋《たお》やかな女のようだった。

左内は、屋敷に入ったまま動きはなかった。

半刻《はんとき》(約一時間)が過ぎた。

連雀町の辰五郎がやって来た。

「やあ。連雀町の親分……」

麟太郎は迎えた。

「麟太郎さん、北《きた》ノ天神《てんじん》の茶店で梶原の旦那がお待ちですよ」

辰五郎は告げた。

「梶原さんが……」

「ええ。此処はあっしと亀吉が引き受けます」

「分かりました。じゃあ……」

麟太郎は、左内の見張りを辰五郎と亀吉に任せて北ノ天神に向かった。

北ノ天神には近所の年寄りたちが参拝し、境内の散歩を楽しんでいた。

麟太郎は、境内の隅にある茶店を訪れた。

南町奉行所臨時廻り同心の梶原八兵衛は、茶店の縁台に腰掛けて茶を飲んでいた。

「やあ……」

「造作を掛けます。金奉行の藤本内蔵助がどのような者か分かりましたか……」

麟太郎は、八兵衛の隣に腰掛けて茶店女に茶を注文した。

「うん。評判悪いね、藤本内蔵助……」

梶原は苦笑した。

「やはり。して、どのように……」

「立身出世をする為には手立てを選ばず。拙《まず》い事は配下の所為《せい》、上手くいけば自分の手柄。噂じゃあ、己の奥方を上役に差し出す程だとか。ま、噂だが、本当ならかなり血迷った奴だね……」

梶原は眉をひそめた。

「梶原さん、柳亭馬風さんの覚書にもそう書いてありましたよ」

「じゃあ……」

梶原は、満面に厳しさを浮かべた。

「きっと……」

柳亭馬風の『覚書』に書いてあった事は真実であり、直参悪党は金奉行の藤本内蔵助に間違いないようだ。

「で、そいつを絵草紙に書かれるのを恐れて柳亭馬風を斬り、口を封じたか……」

梶原は読んだ。

「ええ……」

麟太郎は頷いた。

「殺ったのは、内蔵助の弟の左内か……」

「おそらく違いないでしょう。ですが、確かな証はありません」

「うむ。だが、確かな証はなくても、殺る理由は充分にある」

「理由ですか……」

「藤本の家を護る。そいつが飼殺《かいごろ》しの部屋住みの役目だ」

「ですが、左内は、藤本の家など今更どうでも良いと……」

「ならば何故、馬風を斬ったのだ」

梶原は、戸惑いを浮かべた。

「左内は、大事なのは家よりその中で踠き苦しむ人だと……」

「踠き苦しむ人……」

「ええ。ひょっとしたら左内は、兄内蔵助の奥方佳乃の為に馬風さんを斬ったのかもしれません……」

「内蔵助の奥方佳乃の為……」

「ええ。馬風さんが藤本内蔵助を絵草紙の直参悪党伝に書けば、佳乃が上役たちに献上品として差し出された事が世間に知れ渡り、疎まれ蔑まれるだけです。左内は、そんな義理の姉の佳乃を哀れんだのかもしれません」

麟太郎は、左内の腹の内を読んだ。

「成る程な。して、どうする……」

「戯作者柳亭馬風を斬った罪は罪。どのような事情があろうとも見逃しには出来ません」

麟太郎は、厳しい面持ちで云い放った。


左内が出掛ける事もなく、陽は西に大きく傾いた。

肥った武士が、小者を従えて下城して来た。

麟太郎、梶原、辰五郎、亀吉は、物陰から見守った。

肥った武士は、藤本屋敷に入って行った。

藤本内蔵助だった。

「奴が主の藤本内蔵助か……」

梶原は、厳しい眼差しで見送った。

「ええ……」

麟太郎は頷いた。

「何もかも野郎の出世欲から始まったんですかねえ……」

亀吉は眉をひそめた。

「いや。亀吉、始まりは柳亭馬風の直参悪党伝だ……」

辰五郎は吐息を洩《も》らした。

藤本屋敷から不意に男の怒号があがった。

「梶原の旦那……」

辰五郎と亀吉は、緊張を浮かべた。

「うむ……」

梶原は、藤本屋敷に走った。

「誰か、誰か……」

藤本屋敷の表門脇の潜り戸が開き、下男が血相を変えて転がるように出て来た。

梶原は、潜り戸から屋敷内に駆け込んだ。

辰五郎と亀吉が続いた。

そして、麟太郎が続こうとした時、裏門に続く横手の路地から左内が現われた。

麟太郎は気付いた。

左内は、麟太郎を一瞥《いちべつ》して足早に北に向かった。

麟太郎は、咄嗟に左内を追った。

藤本屋敷の式台では、小者が腰を抜かしていた。

「どうした……」

梶原が問い質した。

「だ、だ、旦那さまが……」

小者は、震える手で奥を指して嗄《しわが》れ声を引き攣《つ》らせた。

梶原は、奥に駆け込んだ。

辰五郎と亀吉は続いた。


梶原は、座敷に踏み込んだ。

座敷には血が広がり、藤本内蔵助が倒れていた。

「おい……」

梶原は、内蔵助に駆け寄って様子を窺った。

内蔵助は、胸元を斬られて意識を失っていたが息はしていた。

「亀吉、医者だ……」

「承知……」

亀吉は駆け去った。

「奥を見て来ます」

辰五郎は奥に走った。

梶原は、座敷の隅に端座《たんざ》している武家女に気が付いた。

内蔵助の妻の佳乃……。

梶原は、冷ややかな面持ちの武家女を佳乃と見定めた。

「誰が斬ったのだ……」

「存じません……」

佳乃は、冷ややかさを崩さなかった。

「知らないだと……」

「はい。私は何も存じません……」

冷ややかに告げる佳乃の眼には、微かな笑みが過ぎった。

梶原は、背筋に冷たいものを覚えた。

藤本左内は、武家屋敷街を北に進んだ。

麟太郎は追った。

左内は、麟太郎が追って来ているのに気が付いている筈だ。

誘っているのか……。

麟太郎は読んだ。

武家屋敷が途切れ、行く手に明地《あきち》が見えた。

左内は、明地に入った。

やはり誘っているのだ……。

麟太郎は見定めた。

最早《もはや》、誘いに乗らなければ事の真相には辿り着けない。

麟太郎は、左内を追って明地に入った。


明地の雑草は微風に揺れていた。

左内は佇んでいた。

麟太郎は明地をゆっくりと進み、左内と対峙《たいじ》した。

「屋敷で何をした……」

麟太郎は尋ねた。

「兄の内蔵助を斬った……」

左内は、微かな嘲りを浮かべた。

「何故に……」

「己の妻に上役の夜伽《よとぎ》に参れと命じた故《ゆえ》、斬り棄《す》てた……」

左内は、冷ややかに云い放った。

そこに怒りや哀しさはなく、虚しさだけがあった。

「そうか……」

麟太郎は、左内の虚しさに頷いた。

「そして……」

左内は、麟太郎に向かって踏み込んで抜打ちの一刀を放った。

麟太郎は、咄嗟に跳び退いて躱《かわ》した。

左内は尚《なお》も踏み込み、二の太刀、三の太刀を放った。

刃風が鳴った。

麟太郎は躱し続けた。そして、草に足を取られてよろめいた。

左内は迫り、刀を上段から斬り下げた。

麟太郎は片膝《かたひざ》をつき、抜打ちの一刀を横薙《よこな》ぎに一閃《いっせん》した。

閃光が交錯し、血が飛んだ。

左内は、冷たい笑みを浮かべた。

麟太郎の僅かに斬られた額から血が滴《したた》り落ちた。

雑草が微風に揺れた。

左内は、脇腹に血を滲ませて横倒しに崩れた。

麟太郎は、倒れた左内に駆け寄った。

左内は微笑んだ。

「おぬし、死ぬつもりだったのか……」

麟太郎は、左内が己の死を願って斬り掛かって来たと気付いた。

「戯作者の柳亭馬風を斬り、兄の内蔵助を斬った今、最早死ぬしかないだろう」

左内は、微笑んだまま戯作者柳亭馬風殺しを認めた。

「うむ……」

麟太郎は頷いた。

戯作者柳亭馬風こと御家人北島純之助と兄の藤本内蔵助を斬り殺した限り、左内は切腹を免《まぬか》れない。

「こ、此を……」

左内は、懐から血が僅かに滲んだ手紙を取り出して麟太郎に渡した。

「此は……」

「柳亭馬風の手紙だ……」

左内は、死相を浮かべて嗄れ声を震わせた。

「馬風さんの手紙……」

麟太郎は、思わず手紙を見詰めた。

「うむ……」

左内は、大きく頷きながら崩れ落ちた。

死んだ……。

麟太郎は、藤本左内の死を見定め、馬風の手紙を読んだ。

まさか……。

麟太郎は、顔を次第に強張《こわば》らせた。

馬風の手紙には、事の次第を絵草紙にされたくなければ百両だせと、書き記されていた。

弱味を握っての脅《おど》し文《ぶみ》……。

麟太郎は驚き、言葉を失った。

馬風は、藤本家から百両の金を脅し取ろうとしていたのだ。

手紙は本当に馬風の書いたものなのか……。

麟太郎は困惑した。

明地の雑草は風に揺れた。

脅し文と馬風の『覚書』の文字は同じだった。

「同じだ……」

麟太郎は、深々と吐息を洩らした。

「ええ。信じられないわね……」

お蔦は肩を落とした。

「ああ。だが、字が同じな限り、脅し文は馬風さんが書いたのに間違いあるまい……」

「そうね……」

お蔦は、哀しげに頷いた。

戯作者柳亭馬風こと御家人の北島純之助は、恐喝者でもあった。

裏の裏の顔か……。

真面目で穏やかな人柄だと評判だった御家人北島純之助……。

権威に楯突《たてつ》いて不正を暴く戯作者の柳亭馬風……。

そして、絵草紙を書く為に調べた事を脅しに使う恐喝者……。

どれが本当の顔なのか……。

麟太郎は、腹立たしさを通り越して虚しさを覚えた。


「して、金奉行の藤本内蔵助は如何《いかが》致した」

根岸肥前守は眉をひそめた。

「二日間、意識を失ったまま、今朝方《けさがた》早くに息を引き取ったそうにございます」

正木平九郎は告げた。

「ならば、此で藤本家は取り潰しか……」

「はい。藤本家に子はいなく、当主の内蔵助に万一の事があった時は、部屋住みの弟の左内が家督を継ぐ手筈《てはず》でしたが……」

「馬風と兄を殺し、麟太郎に斬られて死んだ今、それも叶《かな》わずか……」

「左様にございます」

「で、麟太郎はどうしている」

「梶原八兵衛の報せでは、柳亭馬風が恐喝者だったと知り、気の毒にかなり落ち込んでいるようだとか……」

「それで良い……」

肥前守は頷いた。

「お奉行……」

平九郎は、戸惑いを浮かべた。

「人はいろいろな顔を秘めており、それに気が付かず生きている。麟太郎がそれに気が付いたなら上等だ……」

肥前守は微笑んだ。

評定所《ひょうじょうしょ》は、何もかもを藤本左内が乱心しての凶行として始末し、直参旗本の藤本家を取り潰した。

佳乃は、左内の想いを胸に秘めて姿を消した。

戯作者柳亭馬風は、恐喝者の顔を公《おおやけ》にされず只《ただ》の被害者として始末された。

良かった……。

麟太郎は安堵した。

人は様々な顔を持っている。そして、最も性に合う顔で、今を生きているのかもしれない。だが時々、秘めていた別の顔が何かの弾みでひょっこり出て来るのだ。

それが人と云う面倒な生き物なのだ……。

麟太郎は苦笑した。

面倒だから人は面白く、閻魔大王が眼を光らせているのかもしれない。

麟太郎は、閻魔堂の閻魔大王に酒を供《そな》えて手を合わせた。

閻魔大王は嬉しそうに笑った。

笑った……。

麟太郎は、閻魔大王の笑顔を確かに見た。

第二話　笑う閻魔《えんま》

一

書けない……。
戯作者《げさくしゃ》の青山麟太郎は、筆を置いて溜息《ためいき》混じりに仰向《あおむ》けに寝た。
煤《すす》けた天井には、幾つかの古い染みがあった。
丸や瓢箪《ひょうたん》や達磨《だるま》……。
古い染みには、様々な形や模様のものがあった。
閻魔《えんま》大王……。
そして、閻魔大王の鋭い眼と同じような形の染みもあった。
空《す》きっ腹《ぱら》が鳴った。
昨日の夜、残り飯と野菜の切れ端で雑炊《ぞうすい》を作って以来、何も食べていなかった。
もう、食べられる物は何もない。

さあ、どうする……。
麟太郎の空きっ腹は、哀しげな音色で長く鳴った。
よし……。
麟太郎は、勢い良く起き上がった。

昼下りの閻魔長屋は静けさに満ちていた。
麟太郎は、家を出て木戸の傍《そば》の閻魔堂に向かった。
閻魔堂の前では、白髪《しらが》頭の年寄りが手を合わせていた。
おっと……。
麟太郎は閻魔長屋の木戸に戻り、白髪頭の年寄りが参拝を終えるのを待った。
白髪頭の年寄りは痩《や》せており、歳に似合わない紺色の縞《しま》の半纏《はんてん》を着ていた。
粋な爺《じじい》だ……。
麟太郎は苦笑した。
「おう。待たせたね」
白髪頭の年寄りは、顔の皺《しわ》を深くして麟太郎に笑い掛けた。
「いや……」

麟太郎は、閻魔堂の前に進み出て手を合わせた。そして、合せた手を解《ほど》いて振り向いた。

あれ……。

白髪頭の粋な爺は、いつの間にか立ち去っていた。

微《かす》かな気配や足音も残さずに……。

麟太郎は、戸惑いを覚えた。

まるで忍びの者か盗《ぬす》っ人《と》だ。

何《いず》れにしろ堅気《かたぎ》の爺じゃあない。

麟太郎はそう睨《にら》み、地本《じほん》問屋『蔦屋《つたや》』のある通《とおり》油《あぶら》町《ちょう》に向かった。

通油町の通りは両国《りょうごく》広小路に続き、多くの人が行き交っていた。

麟太郎は、地本問屋『蔦屋』の方に向かった。

地本問屋『蔦屋』は、錦絵《にしきえ》や絵草紙を選ぶ娘たちや隠居で賑《にぎ》わい、主《あるじ》のお蔦や番頭の幸兵衛たちが忙《せわ》しく相手をしていた。

麟太郎は、地本問屋『蔦屋』を横目で見ながら通った。

番頭の幸兵衛が麟太郎に気が付き、お蔦に報せた。

お蔦は苦笑し、店の前を通る麟太郎を一瞥《いちべつ》した。

麟太郎は微笑《ほほえ》み、地本問屋『蔦屋』の前を通り過ぎた。

お蔦と幸兵衛は戸惑い、思わず顔を見合わせた。

麟太郎は、地本問屋『蔦屋』の二軒隣の口入屋《くちいれや》『布袋屋《ほていや》』に入った。


「邪魔をするぞ……」

麟太郎は、帳場で帳簿を付けていた主の彦造《ひこぞう》に声を掛けた。

「これは麟太郎さん、お久し振り……」

彦造は迎えた。

「やあ。親父さん、何か仕事はないかな」

麟太郎は、帳場の框《かまち》に腰掛けた。

「おや、絵草紙が上手《うま》く書けませんか……」

彦造は笑った。

「ああ……」

麟太郎は、絵草紙が上手く書けない時、口入屋『布袋屋』で何度か仕事を周旋《しゅうせん》して貰《もら》っていた。

「ない事もないですが……」

彦造は眉《まゆ》をひそめた。

「危ない仕事か……」

「きっと……」

彦造は頷《うなず》いた。

「どんな仕事だ」

「一日一朱で三日間。年寄りのお守《も》り……」

「一日一朱で年寄りのお守り……」

麟太郎は眉をひそめた。

どんな年寄りかは知らぬが、一日一朱でお守りの仕事は割りが良い。

「はい。どうします」

背に腹はかえられぬ……。

「よし。その仕事、やらせて貰おう」

麟太郎は引き受けた。

「分かりました。じゃあ、お願いしますよ」

彦造は、麟太郎に一枚の書付けを差し出した。

書付けには、『長谷川町《はせがわちよう》、藤兵衛《とうべえ》』と書かれていた。

「長谷川町とは人形町《にんぎようちよう》通りの……」

「ええ……」

「で、藤兵衛さん、生業《なりわい》は……」

「若い頃は薬草を探して諸国を巡っていたそうですが、今はやめて一人暮らしの気楽な隠居ですよ」

「一人暮らしの隠居……」

「ええ……」

「分かりました。とにかく行ってみます」

「お願いします。それから、これは手前からの前渡し金です」

彦造は、麟太郎に一朱銀を差し出した。

「ありがたい。恩に着る」

麟太郎は、一朱銀を握り締めて頭を下げた。

長谷川町の家に住む一人暮らしの隠居の藤兵衛……。

麟太郎は、一膳飯屋で腹拵《はらごしら》えをして人形町通りの長谷川町に向かった。

人形町の通りは、麟太郎が住む閻魔長屋のある元浜町《もとはまちよう》から西に行った処《ところ》にあり、遠くはない。

麟太郎は、長谷川町の木戸番を訪れ、隠居の藤兵衛の家を知らないか尋《たず》ねた。

「隠居の藤兵衛さん……」

木戸番は眉をひそめた。

「ええ。何でも一人暮らしだそうだが……」

「一人暮らしの御隠居さん。じゃあ、裏通りの煙草屋《たばこや》の斜向《はすむか》いの家かな」

木戸番は首を捻《ひね》った。

「裏通りの煙草屋の斜向いの家……」

「ええ。元は呉服屋の妾《めかけ》が暮らしていた高い板塀《いたべい》を廻《まわ》した家でね。そこに一年前から何処《どこ》かの御隠居さんってのが住んでいるけど……」

木戸番は、隠居の藤兵衛を知らなかった。

「そうですか。造作を掛けたね。ま、裏通りに行ってみるよ」

麟太郎は、木戸番に礼を云って裏通りに向かった。

裏通りの奥に古い小さな煙草屋があり、斜向いに高い板塀に囲まれた家があった。

此処《ここ》か……。

麟太郎は、高い板塀に囲まれた家を眺《なが》めた。

高い板塀に囲まれた家からは、人の声や物音は聞こえなかった。

「とにかく聞いてみるか……」

麟太郎は、板塀の木戸を潜《くぐ》って家の格子戸を叩《たた》いた。

「口入屋の布袋屋から来た者だが、此方《こちら》は隠居の藤兵衛さんのお住まいかな……」

麟太郎は、家の中に声を掛けて格子戸を叩いた。

「此方は……」

麟太郎が尚《なお》も声を掛けようとした時、格子戸が開いた。

「あっ……」

麟太郎は、思わず声をあげた。

格子戸の内側には、閻魔堂に手を合わせていた痩せた白髪頭の年寄りがいた。

「おっ……」

白髪頭の年寄りも、麟太郎に気が付いて声を洩《も》らした。

「口入屋の布袋屋から来た者だが、隠居の藤兵衛さんか……」

麟太郎は尋ねた。

「ああ……」

白髪頭の年寄りは頷き、鋭い眼で麟太郎の背後を窺《うかが》った。

「えっ……」

麟太郎は、思わず振り返った。

背後に怪しい者はいなく、不審な事もない。

「ま、入ってくれ」

白髪頭の年寄りは、変わった事のないのを見定めて麟太郎を促した。

「お、おう……」

麟太郎は、家の中に入った。


「青山麟太郎さんですかい……」

白髪頭の年寄りは、麟太郎を値踏みするように見廻した。

「ええ。お前さんが雇主《やといぬし》の隠居の藤兵衛さんか……」

麟太郎は念を押した。

「ええ……」

白髪頭の年寄りが隠居の藤兵衛だった。

「宜《よろ》しく頼む」

麟太郎は頭を下げた。

「で、腕の方は確かでしょうね」

隠居の藤兵衛は、不安そうな眼を麟太郎に向けた。

「ま、神道無念流《しんとうむねんりゅう》を多少はな……」

麟太郎は苦笑した。

「そうですかい……」

「して御隠居、俺は何をすれば良いのだ」

麟太郎は尋ねた。

「そりゃあもう。あっしを護《まも》ってくれれば良いんですよ」

「護る……」

「ええ……」

「何から護るのだ」

「そいつは直《じき》に分かる……」

藤兵衛は苦笑した。

「直に分かる……」

麟太郎は眉をひそめた。

「ああ。あっしを尾行《つけ》て来たり、見張ったりしている奴がいてね……」

藤兵衛は、開けてある障子《しょうじ》の外の庭を窺った。

麟太郎は、藤兵衛が外を気にしたのを思い出した。

「家の外に怪しい奴はいなかったがな」

麟太郎は首を捻った。

「そうですか……」

「して、今日は此《これ》からどうするのだ」

「ちょいと下谷《したや》に出掛けるから、宜しく頼みますよ」

「下谷……」

「ああ、死んだ女房の墓参りだよ」

「墓参り。心得た……」

麟太郎は頷いた。

「処で御隠居、隠居する迄《まで》、薬草を探して諸国を巡り歩いていたそうだが……」

「えっ。ええ……」

「諸国にはいろいろ珍しい事や物があり、それは面白いそうだな。羨《うらや》ましい……」

「麟太郎さん、江戸の生まれなんですかい……」

「ああ。江戸生まれの江戸育ちでな。西は小田原《おだわら》、北は松戸《まつど》迄しか行った事がない」

麟太郎は、悔《くや》しそうに告げた。

「そいつは気の毒に……」

藤兵衛は、麟太郎に同情した。

「うん。出来るものならしてみたいものだ。諸国漫遊……」

諸国を巡れば、いろいろな絵草紙が書ける筈《はず》だ。

麟太郎は、諸国漫遊を夢見た。


人形町の通りを北に進めば、神田川《かんだがわ》に出る。そして、神田川を渡れば下谷になる。

紺色の縞の半纏を着た隠居の藤兵衛は、人形町の通りを達者な足取りで神田川に進んだ。

麟太郎は、藤兵衛を尾行る者を警戒し、襲撃者がいれば直《す》ぐに駆け付けられる距離を保って追った。

今の処、尾行て来る者はいない……。

麟太郎は、藤兵衛の周囲に眼を配りながら追った。

藤兵衛は僅《わず》かに前のめりの体勢になり、一定の歩幅と速さで進んでいた。
旅慣れている者の歩き方だ……。
麟太郎は、紺色の縞の半纏の裾《すそ》を翻《ひるがえ》して行く藤兵衛を追った。

神田川を渡った藤兵衛は、御成《おなり》街道を下谷広小路に進んだ。
怪しい奴も現われず、妙な出来事も起こらない……。
麟太郎は追った。
下谷広小路は賑わっていた。
藤兵衛は、賑わいを抜けて不忍池《しのばずのいけ》の畔《ほとり》に出た。

不忍池は水鳥が遊び、小波《さざなみ》が煌《きら》めいていた。
藤兵衛は、不忍池の畔を西に進んで茶店に立ち寄った。
麟太郎は見守った。
藤兵衛は、茶店で花と線香を買って斜向いの古い寺の山門を潜った。
麟太郎は、古い寺の山門に駆け寄った。
山門の古い扁額《へんがく》には、『祥雲寺《しょううんじ》』と書かれていた。

麟太郎は、『祥雲寺』の裏手の墓地に向かった。
藤兵衛は、墓に花と線香を供えた。
麟太郎は、並んでいる墓石越しに藤兵衛を見守った。
藤兵衛は、項垂《うなだ》れるように墓石に手を合わせた。
詫《わ》びているのか……。
麟太郎には、藤兵衛が死んだお内儀《かみ》さんに詫びているように見えた。
もし、詫びているなら紺の縞の半纏が拘《かかわ》りがある……。
麟太郎の勘が囁《ささや》いた。
羽織を着た中年の男と二人の浪人が現われ、墓に手を合わせている藤兵衛に向かった。
現われたか……。
麟太郎は、並ぶ墓石の陰伝いに藤兵衛に近付いた。
藤兵衛は、合わせていた手を解いて中年の男と二人の浪人を迎えた。
「如何《いかが》ですか、伯父貴《おじき》。教えてくれる気になりましたかい……」
中年の男は、薄笑いを浮かべた。

「蓑吉《みのきち》、お前、その歳になってもお店《たな》の旦那《だんな》は似合わねえな……」

藤兵衛は嘲笑《あざわら》った。

「何……」

蓑吉と呼ばれた中年の男は、その顔を醜《みにく》く歪《ゆが》めた。

「蓑吉、江戸で御勤めをしようとなんか思うんじゃあねえ。手前《てめえ》は田舎《いなか》の庄屋や御大《おだい》尽《じん》が似合っているぜ」

藤兵衛はせせら笑った。

「此《こ》の糞爺《くそじじい》……」

蓑吉は凄《すご》んだ。

二人の浪人が藤兵衛に迫った。

刹那《せつな》、麟太郎が現われ、二人の浪人を突き飛ばして藤兵衛を後ろ手に庇《かば》った。

「御隠居、現われたな……」

麟太郎は、藤兵衛に笑い掛けた。

「ああ。此以上、あっしに構わないようにちょいと懲《こ》らしめてやっておくんなさい」

藤兵衛は告げた。

「ほう。御隠居、斬り棄《す》てずに懲らしめるだけで良いのか……」

「ええ……」

藤兵衛は頷いた。

「ならばお安い御用だ」

麟太郎は、楽しそうに笑った。

「おのれ……」

浪人の一人が、刀を抜いて斬り掛かった。

麟太郎は躱《かわ》し、墓石の傍にあった手桶《ておけ》を取って浪人の顔を殴り付けた。

手桶は音を立てて割れ飛び、斬り掛かった浪人が地面に崩れ落ちた。

残る浪人が斬り付けた。

麟太郎は、素早く墓石の後ろに隠れた。

甲高《かんだか》い音が鳴り響いた。

浪人の刀が墓石に当たって刃先が折れ、煌めきながら飛んだ。

浪人は怯《ひる》んだ。

「とんだ鈍刀《なまくら》だな」

麟太郎は笑い、怯んだ浪人を殴り飛ばした。

浪人は倒れた。

「さあて蓑吉とやら、残るはお前だけだ……」

麟太郎は、蓑吉に笑い掛けた。

「て、手前……」

蓑吉は、恐怖に声を震わせて後退《あとずさ》りした。

刹那、麟太郎の平手打ちが飛んだ。

蓑吉は弾き飛ばされた。

二人の浪人が逃げた。

そして、蓑吉も転がるように逃げ去った。

藤兵衛は、手を叩いて笑った。

「さあて御隠居、何だあいつらは……」

麟太郎は眉をひそめた。

二

湯島横町《ゆしまよこちょう》の蕎麦屋《そばや》に客は少なかった。

麟太郎と藤兵衛は、小座敷にあがって酒を飲み始めた。

「で、奴らは何者かな……」

「盗っ人だよ」

藤兵衛は、酒を飲みながら事も無げに告げた。

「盗っ人……」

「ああ……」

「やっぱりなあ、堅気じゃあないのは分かったが、盗っ人とはな……」

麟太郎は苦笑した。

「実はね。蓑吉たちは夜烏《よがらす》の重吉《じゅうきち》って盗賊一味の盗っ人だったんだがね。頭《かしら》の夜烏の重吉が去年、病で死んだ後、手下の中でも質《たち》の悪い蓑吉たちが集まって一味を作りやがってな」

「成《な》る程《ほど》……」

「ま、そこ迄は良いんだが、蓑吉の野郎、死んだ頭の重吉が残した隠居金がある筈だと探し始めてな。で、夜烏の重吉におさきって一人娘がいるのを知り、捜《さが》し始めたんだぜ」

藤兵衛は、腹立たしげに酒を飲んだ。

隠居金とは、盗賊の頭が隠居後の為《ため》に隠した金だ。

「ほう。夜鳥の重吉の一人娘のおさきか……」

「ああ。重吉は女房子供を手下共に隠していてな。蓑吉は隠居金の在処《ありか》は、おさき坊の処だと読んだ……」

「で、御隠居がそのおさきの居場所を知っていると睨んだ訳か……」

麟太郎は読んだ。

「まあな。俺はおさき坊は隠居金の事はなにも知らないと云《い》ったんだが、奴らは俺を見張り、尾行《つけ》廻《まわ》していやがる……」

「御隠居がいつかおさきの処に行くと思っているのだな……」

「きっとな……」

「処で御隠居は何者なんだい……」

「俺かい、俺は夜鳥の重吉と若い頃に盃《さかずき》を交わした兄貴分だよ」

「じゃあ御隠居も……」

「ああ。俺も重吉もあくどく金儲《かねもう》けをする奴らばかりを狙う盗っ人でねえ。俺も昔は閻魔の藤兵衛って一人働きの盗っ人だよ」

藤兵衛は、懐かしそうに眼を細めて手酌《てじゃく》で酒を飲んだ。

「閻魔の藤兵衛……」

麟太郎は、藤兵衛が閻魔堂に手を合わせていたのを思い出した。

「それで閻魔堂に……」

「ああ。背中に背負った閻魔大王は俺の守り神だからね」

藤兵衛は笑った。

麟太郎は、藤兵衛が背中に閻魔大王の彫り物を入れているのを知った。

「そうか、只《ただ》の隠居じゃあないと思っていたが……」

「まあねえ。女房に早く足を洗ってくれとずっと云われて来てねえ。女房が病《やまい》で死んで漸《ようや》く足を洗ったたって馬鹿だよ……」

藤兵衛は、淋しげに酒を飲んだ。

麟太郎は、藤兵衛が女房の墓に詫びるように手を合わせていたのを思い出した。

「して御隠居、蓑吉たちをどうするつもりだ」

麟太郎は尋ねた。

「そりゃあもう、おさき坊は云うに及ばず、世間さまの為にも潰《つぶ》すしかないさ」

藤兵衛は、不敵な笑みを浮かべた。

「そうか。ならば閻魔大王の誼《よしみ》で手伝うか……」

「閻魔大王の誼……」

藤兵衛は、怪訝《けげん》な眼を麟太郎に向けた。

「うん。御隠居、俺の生業は戯作者でな」

「戯作者……」

「閻魔堂赤鬼《あかおに》って筆名のな……」

麟太郎は笑った。


盗賊の蓑吉と一味の者共は、死んだ頭の夜烏の重吉の隠居金を狙っていた。

隠居金の在処は、おさきと云う重吉の一人娘が知っている。

そのおさきの居所を知っているのが、元盗っ人で隠居した閻魔の藤兵衛だ。

蓑吉たちはそう睨み、隠居の藤兵衛を見張って尾行廻していた。

「して御隠居、蓑吉たちは何処にいる……」

麟太郎は尋ねた。

「こっちから仕掛けるのかい……」

「うん。待っていては埒《らち》が明かぬからな」

「さあて、重吉の時は谷中《やなか》の千駄木《せんだぎ》、浅草《あさくさ》の今戸《いまど》や元鳥越《もととりごえ》などに盗っ人宿《やど》があったが、蓑吉の野郎はどうしているか……」

藤兵衛は、細くて皺の多い首を捻った。

「千駄木に今戸に元鳥越か……」

「ああ……」

「先《ま》ずはその辺りから調べるか、それとも御隠居を見張って尾行廻す奴を捕えて締め上げるか……」

「うん……」

「よし。何れにしろ御隠居と俺だけじゃあ手が足りない。ちょいと仲間を呼んで来るから此処《ここ》で四《し》半刻《はんとき》（約三十分）程待っていてくれ」

「そいつは構わないが……」

「御隠居を一人で人形町に帰す訳にはいかないからな。じゃあ……」

麟太郎は、藤兵衛を蕎麦屋に残して神田川に架かっている昌平橋《しょうへいばし》に急いだ。

神田川に架かる昌平橋を渡り、八ツ小路を横切れば神田連雀《れんじやくちよう》町だ。

岡っ引の連雀町の辰五郎と下っ引の亀吉がいればいいのだが……。

麟太郎は、辰五郎の家に急いだ。

運の良い事に辰五郎と亀吉はいた。

麟太郎は、事の次第を話して聞かせた。

「で、その元盗っ人の閻魔の藤兵衛に力を貸して蓑吉たち盗賊を叩き潰そうってんですかい……」

辰五郎は苦笑した。

「ええ……」

麟太郎は頷いた。

「分かりました。じゃあ亀吉、麟太郎さんの仲間にな……」

「合点です」

亀吉は、面白そうに笑った。

「じゃあ、あっしは梶原の旦那に報せ、盗賊の夜烏の重吉と手下の蓑吉たちを調べてみますよ」

辰五郎は、厳しい面持《おもも》ちで告げた。

「頼みます……」

麟太郎は、亀吉を伴って神田川の北側にある湯島横町の蕎麦屋に急いだ。

隠居の藤兵衛は、蕎麦屋の亭主や小女《こおんな》と親しげにお喋《しゃべ》りをしていた。

「やあ、待たせたね」

「いいや、旦那やおたまちゃんに相手をして貰っていたぜ」

藤兵衛は楽しげに笑った。

「そいつは良かった。で、こっちが亀さんだ」

麟太郎は、藤兵衛に亀吉を引き合わせた。

「亀吉です。宜しく……」

「そうか、亀さんか。隠居の藤兵衛だ、宜しく頼むぜ」

藤兵衛は、亀吉に親しげに笑い掛けた。

「じゃあ亀さん。俺は御隠居を人形町の家に送るよ」

「その前に御隠居、谷中の千駄木の盗っ人宿は何処ですかい……」

「ああ。坂下町《さかしたちょう》の小川の傍にある茶店だよ」

「で、今戸は……」

「寺町の前にある商人宿。元鳥越町は甚内橋《じんないばし》の袂《たもと》にある若村《わかむら》って小料理屋だったが、今はどうなっているかな……」

藤兵衛は、亀吉が何をしようとしているのかに気が付いていた。

「ま、当たってみますよ。じゃあ……」

亀吉は笑みを浮かべ、軽い足取りで蕎麦屋から出て行った。

「じゃあ御隠居、人形町に帰るか……」

「ああ。長々と邪魔したね。旦那、おたまちゃん……」

藤兵衛は、勘定を払って蕎麦屋を出た。

麟太郎は続いた。


南町奉行所には様々な者が出入りしていた。

連雀町の辰五郎は、同心詰所に臨時廻り同心の梶原八兵衛を訪ねた。

「おう。連雀町の、何かあったか……」

梶原は迎えた。

「ええ。ちょいと面白い事が……」

辰五郎は告げた。

「面白い事……」

「はい……」

辰五郎は頷いた。

「よし、聞かせて貰おうか……」

梶原は、小さく笑った。

「旦那、盗賊の夜烏の重吉を御存知ですか……」

「夜烏の重吉……」

梶原は眉をひそめた。

「はい……」

「名前だけは聞いているが、夜烏の重吉は去年の春、死んだとの噂《うわさ》を聞いたが……」

「ええ。どうやらそいつは本当なんですがね。手下共がいろいろと動いているとか……」

辰五郎は眉をひそめた。

「ほう。手下共がな……」

「ええ……」

「連雀町の、此の話の出処《でどころ》、ひょっとしたらひょっとするかな……」

梶原は苦笑した。

「はい。旦那の睨み通り、戯作者の閻魔堂赤鬼こと青山麟太郎さんでして……」

辰五郎は、梶原の睨みに頷いた。
小川は緑の田畑の中を流れ、谷中千駄木坂下町に続いていた。
亀吉は、根津権現《ねづごんげん》の脇を抜けて千駄木坂下町に来た。
小川に架かっている小橋の袂に茶店はあった。
此処か……。
亀吉は、茶店を眺めた。
茶店は雨戸を閉め、板を斜めに交差させて打ち付けてあった。
潰れているのか……。
亀吉は、茶店の周囲を歩き、中の様子を窺った。
中に人がいる気配はなかった。
亀吉は、裏にある古井戸を検《あらた》めた。
雑草に囲まれた古井戸には、板の蓋《ふた》が釘で固く打ち付けられていた。
既に茶店は打ち棄てられ、人が出入りしている形跡はない。
亀吉は見定め、浅草今戸町に向かった。

神田川に架かっている和泉橋《いずみばし》を渡り、麟太郎と藤兵衛は柳原《やなぎわら》通りを横切った。

今の処、蓑吉の一味と思われる者が尾行て来る気配はない。

麟太郎と藤兵衛は、玉池稲荷《たまいけいなり》の脇の通りを南に進んだ。

通りを南に進めばやがて人形町通りになり、藤兵衛の家のある長谷川町になる。

「蓑吉、墓地で懲りたかな……」

麟太郎は読んだ。

「いいや、蓑吉は執念深くてしつこい野郎だ。懲りたりもしなければ諦《あきら》めもしない。何処かで必ず見張っているさ」

藤兵衛は、鋭い眼で辺りを見廻した。

「じゃあ、家に先廻りしているかもな……」

「ああ……」

麟太郎と藤兵衛は、小伝馬町《こでんまちょう》の牢屋敷《ろうやしき》の傍を過ぎた。

「処で御隠居、夜鳥の頭の女房と一人娘のおさきは何処にいるんだい」

「そいつは云えないな……」

藤兵衛は、厳しさを過《よ》ぎらせた。

「そうか、云えないか……」

「ああ。それに重吉の女房のおきぬさん、可哀想《かわいそう》におさき坊を生んだ産後の肥立ちが悪くて亡くなってな。おさき坊はおきぬさんの知り合いの夫婦に引き取られた。そして、その夫婦の娘として可愛がられて育ち、もう十三歳になる。良い娘だぜ」

「御隠居だけが繋《つな》ぎを取っているのか……」

「ああ、遠縁の伯父さんって事でな」

「おさき本人は、実の親がいるのを知っているのか……」

「いいや、おさき坊は何も知らないよ」

「そうか……」

盗賊夜烏の重吉の一人娘のおさきは、己の素性を知らずに育っているのだ。

麟太郎と藤兵衛は、人形町通りを進んで長谷川町の裏通りに入った。


小さな煙草屋の前に置かれた縁台には、行商の薬屋が腰掛けて煙草を吸っていた。

麟太郎と藤兵衛は、煙草屋の斜向いにある高い板塀に囲まれた家を眺めた。

周囲に変わった事はない。

麟太郎と藤兵衛は見定め、高い板塀の木戸に進んだ。

麟太郎は、木戸を開けて中に入った。

藤兵衛が続いて入り、木戸を閉めた。
麟太郎は、板塀内と家の中を窺った。
人や不審な気配はない……。
麟太郎は見定め、家の格子戸を開けた。
静けさと冷ややかさが溢《あふ》れた。
「妙な処はないか……」
麟太郎は、背後の藤兵衛に訊いた。
「うん……」
藤兵衛は頷き、家の中にあがった。
麟太郎は、木戸に戻って僅かな隙間《すきま》から斜向いの煙草屋を窺った。
煙草を吸っていた薬の行商人は、既に縁台にはいなかった。
おそらく蓑吉の一味の者だ……。
麟太郎は睨んだ。
今晩辺り来るかな……。
麟太郎は、不敵な笑みを浮かべた。

南町奉行所同心詰所には、武者窓から西日が差し込んでいた。

辰五郎は、土間の大囲炉裏《おおいろり》の床几《しょうぎ》に腰掛けて梶原八兵衛が来るのを待っていた。

「おう。待たせたな、連雀町の……」

梶原が、奥からやって来た。

「いえ……」

「分かったよ。盗賊の夜烏一味の事が……」

「そうですか……」

「ああ。頭の夜烏の重吉は、悪辣《あくらつ》な金儲けをする商人や大身《たいしん》旗本の処に押込み、犯さず殺さずの盗賊だった……」

「へえ。そんな盗賊だったんですかい……」

夜烏の重吉は、妙な云い方だが真っ当な盗賊と云えた。

「ああ。だが、夜烏の重吉が死んだ後、小頭だった蓑吉ってのが残った手下を纏《まと》めて新しい盗賊一味を作ったらしいのだが、此奴が重吉とは違い、冷酷非情な外道だそうだ」

「外道……」

辰五郎は眉をひそめた。

隅田川は滔々《とうとう》と流れていた。
下っ引の亀吉は、浅草今戸町にやって来た。
今戸町の一角には寺が連なり、斜向いには商人宿があった。
商人宿には、荷物を背負った行商人が出入りをしていた。
隠居の藤兵衛が云っていた夜鳥一味の盗っ人宿だ。
亀吉は見定めた。
出入りしている行商人の中には、未だ夜鳥一味の盗賊だった者がいるのか……。
亀吉は、向い側の寺の山門の陰から出入りする者を見張った。
陽は連なる寺の背後に沈み始めた。

人形町通り長谷川町は、夕暮れに覆《おお》われた。
麟太郎は、藤兵衛の家の内外を油断なく見張った。
小さな煙草屋は、既に縁台も片付けられて店仕舞《みせじま》いをしていた。
麟太郎は、小さな煙草屋の横手の路地に人がいるのに気付いた。
蓑吉一味の盗賊か……。

麟太郎は疑い、家の中に戻った。

台所には、鰺《あじ》の干物の焼ける匂《にお》いが満ちていた。

「美味《うま》そうな匂いだな……」

麟太郎は、七輪で鰺の干物を焼いている藤兵衛に声を掛けた。

「ああ。晩飯は鰺の干物と大根の煮物だ」

藤兵衛は、手際良く料理を作っていた。

「そいつは良いな。それから御隠居、今晩辺り蓑吉たちが来るかもな」

麟太郎は告げた。

「へえ。そうかい。懲りない奴らだ……」

藤兵衛は、驚きも怯えもせずに料理を作り続けた。

「うん……」

麟太郎は、藤兵衛の年季の入った度胸の良さに苦笑した。

「それより麟太郎さん、亀吉っつあん、うちに来るのかな……」

「ああ。来るだろうけど、今夜か明日かは分からんな」

「そうか。ま、鰺の干物を焼いて置いて、来たらさっと温めれば良いだろう」

藤兵衛は、蓑吉たちが来る事よりも亀吉の晩飯の心配をした。

麟太郎は苦笑した。


浅草今戸町の商人宿には明かりが灯《とも》された。

亀吉は、商人宿が盗っ人宿なのかどうか見定めようとしていた。

二人の浪人が商人宿から出て来た。

商人宿から浪人……。

亀吉は、微かな違和感を覚えた。

二人の浪人は、浅草花川戸町《はなかわどちょう》の方に向かった。

追ってみるか……。

亀吉は、二人の浪人を追った。


鳥越川は音もなく流れていた。

二人の浪人は、浅草広小路を横切って蔵前《くらまえ》通りを進み、浅草御蔵の前にやって来た。そして、鳥越川沿いの道を西に曲がり、元鳥越町に向かった。

元鳥越町には、盗賊夜烏一味の盗っ人宿とされる小料理屋『若村』がある。

そこに行くのか……。

亀吉は、二人の浪人を慎重に尾行た。

二人の浪人は、鳥越明神の前を南に曲がり、鳥越川に架かっている甚内橋に向かった。

亀吉は追った。


甚内橋の袂には小料理屋があった。

二人の浪人は、辺りに不審な事のないのを見定めて小料理屋に入った。

亀吉は見届け、小料理屋を窺った。

小料理屋の軒行燈《のきあんどん》には、『小料理　若村』と書かれていた。

盗賊夜鳥一味の盗っ人宿……。

亀吉は見定め、甚内橋の袂に潜《ひそ》んだ。

小料理屋『若村』は、暖簾《のれん》が出されていなく賑わいも窺われなかった。

亀吉は、甚内橋の下の船着場に屋根船が揺れているのに気が付いた。

鳥越川から大川《おおかわ》に出て三《み》ツ俣《また》に進み、浜町《はまちょう》堀に入る。そして、浜町堀に架かっている栄橋《さかえばし》に着けて富沢町《とみざわちょう》に行く。

富沢町は、隠居の藤兵衛の住む人形町通り長谷川町の隣町だ。

船か……。

亀吉は小さく笑った。

三

夜は更《ふ》けた。

麟太郎は、行燈の火を小さく灯して壁に寄り掛かっていた。

藤兵衛の鼾《いびき》は、隣の座敷から盛大に聞こえていた。

良い度胸だ……。

麟太郎は感心した。

雨戸が小さく叩かれた。

「誰だ……」

麟太郎は囁いた。

「あっしです……」

雨戸の外で亀吉の声がした。

麟太郎は雨戸を開けた。

亀吉が、素早く入って来た。

「どうしました。亀さん……」

「えっ、ええ……」

亀吉は、藤兵衛の鼾に気が付いて苦笑した。

「流石《さすが》は一人働きの元盗っ人、閻魔の藤兵衛、大した度胸ですよ……」

麟太郎は苦笑した。

「まったくで。それで麟太郎さん、盗賊夜鳥一味の盗っ人宿ですがね。千駄木はなしで今戸の商人宿と元鳥越の小料理屋は、今でも使われていましたよ」

亀吉は囁いた。

「そうですか……」

「で、元鳥越の小料理屋から盗っ人らしい男が二人と浪人が三人、屋根船で浜町堀の栄橋に来ましたよ」

亀吉は、盗賊たちが船で動くと睨み、猪牙舟《ちょきぶね》を雇って待った。

何処かの寺の鐘が、亥《い》の刻《こく》四つ（午後十時）を鳴り響かせた。

小料理屋『若村』から二人の町方の男と三人の浪人が現われ、睨み通りに屋根船に乗り込んだ。

亀吉は、行き先を浜町堀の栄橋と読み、屋根船を背後に見ながら猪牙舟を進めた。そして、屋根船が栄橋の船着場に船縁《ふなべり》を寄せるのを見定め、猪牙舟を下りて先廻りをして来た。

「此処を襲う魂胆ですか……」

麟太郎は読んだ。

「ええ。表の煙草屋に見張りがいるようなので、裏の塀を越えて来ましたよ」

亀吉は笑った。

「やはりいましたか、見張り……」

「ええ。で、どうしますか……」

亀吉は、緊張を過ぎらせた。

「押込まれては、後の始末が面倒です。先手を打ちます」

「先手ですか……」

「ええ。そして、蓑吉を捕まえる」

麟太郎は笑った。

「承知……」

亀吉は頷いた。

「じゃあ御隠居に……」

麟太郎は腰を浮かした。

「それには及ばないよ……」

藤兵衛が、隣の座敷から入って来た。

「御隠居……」

「話は聞かせて貰った。あっしの事は心配いらない」

藤兵衛は、皺を深くして笑った。

蓑吉は、手下の梅松《うめまつ》と三人の浪人を従えて高い板塀に囲まれた藤兵衛の家にやって来た。

斜向いの煙草屋の路地から、藤兵衛の家を見張っていた男が現われた。

「頭……」

見張っていた男は、蓑吉たちに駆け寄った。

「どうだ……」

「藤兵衛と若い三ぴん侍、夕暮れ時に帰って来たままです」

見張っていた男は告げた。

「よし。じゃあ、みんな、若い侍を宜しく頼んだぜ」

蓑吉は、三人の浪人に頼んだ。

「我らは口先だけの安倍《あべ》や麻生《あそう》とは違う。任せておけ……」

三人の浪人は笑った。

「じゃあ……」

手下の梅松が、押込み道具を使って板塀の木戸門の閂《かんぬき》を外した。

閂が外れ、木戸門が僅かに開けられた。

三人の浪人は、僅かに開けた木戸門から忍び入り、格子戸に向かった。

刹那、暗がりから木刀が唸《うな》りをあげた。

三番目の浪人が向《むこ》う臑《ずね》を強打され、その場に崩れ落ちた。

前にいた浪人が振り返った。

麟太郎が暗がりから現われ、振り向いた浪人の鳩尾《みぞおち》を木刀で鋭く突いた。

振り向いた浪人は悶絶《もんぜつ》した。

先頭の浪人が気が付き、麟太郎に斬り掛かろうとした。

麟太郎は、木刀を投げ付けた。
木刀は、先頭の浪人の顔に激しく当たった。
先頭の浪人は、鼻血を飛ばして昏倒《こんとう》した。
木戸門から入って来た蓑吉と梅松たち手下が驚き、慌《あわ》てて身を翻した。
「待て……」
麟太郎は、木刀を拾って蓑吉たちを追った。

蓑吉と梅松たち手下は、栄橋の船着場に逃げようとした。
現われた亀吉が鉤縄《かぎなわ》を放った。
鉤縄は、蓑吉の首に絡み付いた。
蓑吉は、苦しく仰《の》け反《ぞ》りながらも必死に鉤縄を匕首《あいくち》で切った。
亀吉はよろめいた。
蓑吉は逃げた。
亀吉は追った。
梅松たち手下が匕首を構え、亀吉に襲い掛かった。
亀吉は、梅松たちを相手に闘った。

麟太郎が駆け付け、亀吉と共に梅松たち手下を打ちのめした。

「亀吉さん……」

「栄橋の船着場です」

麟太郎と亀吉は、浜町堀に架かっている栄橋の船着場に急いだ。

栄橋の船着場は、屋根船が揺れているだけだった。

麟太郎と亀吉は、屋根船の障子の内と船着場の周囲を検めた。だが、蓑吉の姿は何処にもなかった。

「逃げられたようですね」

「ええ……」

麟太郎と亀吉は、悔しそうに辺りを窺った。


藤兵衛の家には明かりが灯されていた。

麟太郎と亀吉は戻った。

三人の浪人と梅松たち手下は、既に逃げ去っていた。

麟太郎は、蓑吉を取り逃がした事を藤兵衛に詫びた。

「いやいや、二度も厳しく叩きのめして追い払ったんだ。上出来だよ」

藤兵衛は、満足そうに笑った。

「そうか、それなら良いが……」

「ま、此《これ》で蓑吉の野郎も夜鳥の重吉の隠居金を諦めるだろう。麟太郎さん、いろいろ造作を掛けたね。此奴《こいつ》は用心棒の給金と礼の印だ。亀吉っつあんと分けてくれ」

藤兵衛は、金の包みを麟太郎に渡した。

「えっ。じゃあ御隠居、用心棒の仕事は此で終りか……」

麟太郎は、戸惑いを浮かべた。

「ああ。御苦労だったね」

藤兵衛は笑った。


閻魔長屋の家々は、深い眠りに就いていた。

麟太郎は、行燈に明かりを灯した。

「さあ、あがって下さい」

麟太郎は、一升徳利《どつくり》を手にして三和土《たたき》にいた亀吉を招いた。

「お邪魔しますぜ」

亀吉はあがった。

麟太郎は、二個の湯呑茶碗《ゆのみ》を用意した。

亀吉は、二個の湯呑茶碗に屋台の夜鳴《よなき》蕎麦屋で買って来た酒を満たした。

「じゃあ……」

麟太郎と亀吉は、湯呑茶碗の酒を飲んだ。

藤兵衛に渡された紙包みには、一朱銀が一枚と一分銀が四枚入っていた。

一朱銀は麟太郎の給金であり、四枚の一分銀は蓑吉たちを叩きのめして追い払った礼金だ。一分は四分の一両で大金だ。

麟太郎は、亀吉と二分ずつ分けた。

「それにしても麟太郎さん、蓑吉たちは藤兵衛の読み通り、此で諦めますかね」

亀吉は、酒を飲みながら首を捻った。

「いいえ、蓑吉は執念深いそうです。此で諦める事はないでしょうね」

麟太郎は苦笑した。

「じゃあ、藤兵衛はどうして……」

亀吉は眉をひそめた。

「きっと、私が傍にいては拙《まず》い事でもあるんでしょう」

麟太郎は笑った。

「麟太郎さんが傍にいて拙い事となると、夜鳥の重吉の隠居金ですか……」

亀吉は読んだ。

「ええ。それに重吉の一人娘のおさきです」

「一人娘のおさきですか……」

「ええ。夜鳥の重吉の隠居金は、一人娘のおさきに拘《かかわ》る処にある。隠居金とおさき、藤兵衛はその二つを隠し続ける為には、俺も傍にいちゃあ拙いんでしょう」

麟太郎は読んだ。

「成る程……」

「で、亀さん、俺は藤兵衛を見張りますよ」

麟太郎は告げた。

「じゃあ、あっしは夜鳥一味の今戸と元鳥越の盗っ人宿を親分と梶原の旦那に報せます」

「そうして下さい」

麟太郎と亀吉は、手筈《てはず》を決めて湯呑茶碗の酒を飲み干した。

「その二箇所が夜鳥一味の盗っ人宿か……」

梶原は眉をひそめた。

「はい。で、今は小頭だった蓑吉たちが使っています」

亀吉は報せた。

「よし、御苦労だったな、亀吉……」

「いいえ……」

「連雀町の、俺は元鳥越町の小料理屋に踏み込む。連雀町と亀吉は、人数を揃《そろ》えるから今戸町の商人宿を頼む」

梶原は命じた。

「承知しました」

辰五郎は頷いた。

「処で麟太郎さんはどうした」

「そいつが、隠居の藤兵衛の用心棒を首になりましてね。今は尾行廻している筈です」

亀吉は苦笑した。

「よし。ならば八兵衛。私が辰五郎たちと今戸の商人宿に行こう」

内与力《うちよりき》の正木平九郎は、自ら今戸の商人宿の取締りに行くと云い出した。
「そいつは助かります……」
梶原は笑った。
正木平九郎と梶原は、午《うま》の刻《こく》九つ（正午）に同時に踏み込むと決めて手配りを急いだ。
牛込御門《うしごめごもん》は外濠《そとぼり》に架かっている。
藤兵衛は、牛込御門前を通って尚《なお》も進んだ。
麟太郎は尾行た。
藤兵衛の足取りに変わりはなかった。
疲れた様子もなく、休む気配もない……。
麟太郎は感心した。
それにしても何処迄行くのだ……。
藤兵衛は、市《いち》ヶ谷《や》御門に向かって進んだ。
麟太郎は追った。

鳥越川は、三味線堀《しゃみせんぼり》から浅草御蔵の脇を抜けて大川に流れ込んでいる。

小料理屋『若村』は、腰高障子《こしだか》を閉めて静けさに包まれていた。

梶原八兵衛は、小料理屋『若村』の周囲に配下の者たちを潜ませて様子を窺った。

配下の一人が、八兵衛の許に駆け寄って来た。

「どうだった……」

「若村の亭主は梅松って板前でして、いつも人相の悪い客が屯《たむろ》しているそうです」

「梅松か……」

梶原は眉をひそめた。

「ええ、で、昨夜遅く、病人が出たのか、医者が来たりしていたとか……」

配下の者は報せた。

「昨夜遅くに医者か……」

おそらく、麟太郎と亀吉に痛め付けられた蓑吉の手下や浪人たちの為に呼ばれた医者だ。

梶原は睨んだ。

「よし、午の刻九つの鐘が鳴り始めたら踏み込む」

梶原は、厳しい面持ちで告げた。

浅草今戸町に連なる寺の一軒からは、法事でもあるのか読経《どきょう》が洩れていた。

連雀町の辰五郎と下っ引の亀吉は、今戸町の商人宿を見張っていた。

「どうだ……」

内与力の正木平九郎は、塗笠《ぬりがさ》を目深《まぶか》に被ってやって来た。

「これは正木さま……」

辰五郎と亀吉は迎えた。

「あの宿か……」

平九郎は、塗笠を上げて商人宿を眺めた。

商人宿は大戸を開けているが、出入りする者は少なかった。

「はい……」

「して、盗賊共はいるのか……」

「はい。昨夜、藤兵衛の家に押込み、麟太郎さんに痛め付けられた浪人がいました」

亀吉は告げた。

「そうか。ま、盗っ人宿となると、亭主や奉公人も盗賊一味と見て良いだろう」

平九郎は、商人宿を厳しく見据《みす》えた。

「はい……」

辰五郎と亀吉は頷いた。

「よし、商人宿の周囲には配下の者共を手配りした。午の刻九つに踏み込み、一人残らずお縄にする」

平九郎は告げた。

「承知しました」

辰五郎と亀吉は、緊張に喉《のど》を鳴らして頷いた。


外濠に風が吹き抜け、小波が幾筋も走っていた。

藤兵衛は、市ヶ谷御門前から四ツ谷《よや》御門に向かっていた。

麟太郎は尾行た。

藤兵衛は、疲れた様子も見せずに歩き続け、四ツ谷御門前で漸《ようや》く足取りを緩めた。

行き先は近い……。

麟太郎は睨んだ。

藤兵衛は、四ツ谷御門前にある茶店に立ち寄った。

漸く立ち止まる……。

麟太郎は物陰に入った。

藤兵衛は、縁台に腰掛けて茶を飲み始めた。

さあて、どうする……。

麟太郎は、藤兵衛を見守った。


午の刻九つを報せる寺の鐘が鳴り始めた。

梶原八兵衛は、配下の者たちを従えて小料理屋『若村』に雪崩《なだ》れ込んだ。

小料理屋『若村』は大きく揺れた。

寝ていた梅松と手下、麟太郎に向う臑を折られた浪人が慌てて逃げようとした。

裏口からも捕り方たちが踏み込んだ。

梶原は、十手で梅松たちを容赦《ようしや》なく叩きのめした。

捕り方たちは、叩きのめされた梅松たちや浪人に殺到して縄を打った。だが、捕えた盗賊たちの中に蓑吉はいなかった。

午の刻九つの鐘は、鳴り続けていた。

辰五郎と亀吉は、正木平九郎たちと一緒に商人宿に踏み込んだ。

商人宿の亭主と奉公人、そして、二人の浪人や旅の行商人たちは激しく刃向った。

障子や襖《ふすま》は壊れ、壁は崩れ、床は抜けた。

「刃向う者に容赦は無用……」

辰五郎と亀吉、配下の者たちは、平九郎の采配《さいはい》に従って一人の盗賊に数人掛かりで挑み、容赦なく打ち据えてお縄にしていった。

平九郎は、鐵鞭《かなむち》を持って二人の浪人に迫った。

「おのれ……」

二人の浪人は、平九郎、辰五郎、亀吉、配下の者たちに取り囲まれた。

「蓑吉はいたか……」

「いいえ、何処にもいません」

亀吉は苛立《いらだ》った。

「蓑吉は何処だ……」

平九郎は、二人の浪人を見据えた。

「し、知るか……」

二人の浪人は、嗄《しわが》れ声《ごえ》を震わせた。

「よし。お縄にして容赦なく責めてくれる」

平九郎は、冷笑を浮かべて鐵鞭を唸らせた。

二人の浪人は弾き飛ばされた。

辰五郎と亀吉、配下の者たちは二人の浪人に縄を打った。

四

遠くの寺から響いていた午の刻九つの鐘は、鳴り終った。

藤兵衛は、四ツ谷御門前の茶店を出た。

麟太郎は追った。

藤兵衛は、竹町から大横町《おおよこちょう》に進んだ。そして、麴町《こうじまち》十二丁目の茶道具屋『香泉堂《こうせんどう》』の前に佇んだ。

麟太郎は見守った。

藤兵衛は、菅笠を取って茶道具屋『香泉堂』を見廻した。

茶道具屋『香泉堂』の表には、大名旗本家御用達の金看板が掛かっていた。

藤兵衛は、着物の土埃《つちぼこり》を叩き落として茶道具屋『香泉堂』の暖簾を潜った。

麟太郎は見届けた。

元盗っ人の閻魔の藤兵衛は、何の用があって茶道具屋『香泉堂』に来たのか……。

麟太郎は、想いを巡らせた。

ひょっとしたら、茶道具屋『香泉堂』に盗賊夜烏の重吉の一人娘のおさきがいるのかもしれない。

麟太郎は、茶道具屋『香泉堂』の隣近所にそれとなく聞き込みを掛ける事にした。


正木平九郎と梶原八兵衛は、捕えた梅松たち蓑吉一味の盗賊と浪人たちを大番屋の牢に繋《つな》いだ。

梶原は、辰五郎と亀吉に命じて梅松を詮議場《せんぎば》に引き据えた。

梅松は、大番屋の薄暗く冷たい詮議場に怯《おび》えを滲《にじ》ませた。

「八兵衛……」

正木平九郎は、座敷から梶原を促した。

「はい……」

梶原は、筵《むしろ》に座っている梅松を見据えた。

「梅松……」

「は、はい……」

梅松は、恐る恐る梶原を見上げた。

「蓑吉は何処にいる……」

「し、知りません。蓑吉の頭とは、昨夜、逃げる時に浜町堀の船着場で別れたきりです」

梅松は、声を震わせた。

「船着場で別れた……」

「はい……」

「嘘偽りはないな……」

「はい。旦那、嘘偽りじゃありません。本当です」

梅松は、哀願するように梶原を見詰めた。

「ならば梅松、蓑吉は何を企んでいるのだ」

「それは、亡くなった夜烏の重吉のお頭の隠居金を奪おうとしていました」

「夜烏の重吉の隠居金……」

「はい。夜烏のお頭は、押込んで盗んだ金を盗賊の足を洗って隠居した時の為、貯め込んでいました。蓑吉の頭はそいつを戴《いただ》くと……」

「盗っ人の上前を撥《は》ねようって盗っ人か。義理も人情もない外道だな」

梶原は蔑《さげす》んだ。

梅松は項垂《うなだ》れた。

「ならば梅松……」

平九郎が声を掛けた。

「はい……」

梅松は、座敷にいる平九郎を窺った。

「今、蓑吉は何処で何を企んでいると思う」

平九郎は訊いた。

「は、はい。きっと夜鳥のお頭の隠居金を狙って、藤兵衛の伯父貴を見張っているんじゃあないかと思います……」

梅松は首を捻った。

「そうか……」

「はい。執念深い人ですから……」

「梶原……」

「はい。連雀町の、亀吉。藤兵衛の家に行ってみな」

梶原は、辰五郎と亀吉に命じた。

茶道具屋『香泉堂』には、主《あるじ》の伊三郎《いさぶろう》おしま夫婦と一人娘、そして番頭を始めとした奉公人たちがいた。

「一人娘……」

麟太郎は訊き返した。

「ええ……」

麹町十二丁目の老木戸番は頷いた。

「名前と歳、教えちゃあくれないかな……」

麟太郎は頼んだ。

「お侍……」

老木戸番は眉をひそめた。

「怪しい者じゃあない。俺は大江戸閻魔帳って絵草紙を書いている戯作者でね」

麟太郎は慌てて告げた。

「ええっ……」

老木戸番は驚き、眼を瞠《みは》って麟太郎を見詰めた。

麟太郎は思わず怯んだ。

「じゃあ、お侍が閻魔堂赤鬼かい……」

老木戸番は、意外にも戯作者閻魔堂赤鬼を知っていた。

「そ、そうだが。父《と》っつあん、大江戸閻魔帳、読んだ事あるのか……」

麟太郎は尋ねた。

「勿論《もちろん》だよ。そうですかい、お侍が閻魔堂の赤鬼ですかい……」

老木戸番は、麟太郎を物珍しげに見廻した。

「で、父っつあん、香泉堂の一人娘だが……」

「おさきちゃんと云いましてね。誰とでも気軽に話をする気立ての良い娘で、歳の頃は十三、四ですか……」

老木戸番は眼を細めた。

「名はおさきちゃんで、歳の頃は十三、四……」

藤兵衛が云っていた盗賊夜烏の重吉の一人娘と同じ名と年頃だ。

麟太郎は、茶道具屋『香泉堂』の娘が盗賊夜烏の重吉の一人娘のおさきだと知った。

人形町通り長谷川町の藤兵衛の家には誰もいなく、見張っている筈の麟太郎の姿も見えなかった。

連雀町の辰五郎と亀吉は、藤兵衛が出掛けたので麟太郎が追ったと読んだ。

「さあて、何処に行ったのか……」

辰五郎は眉をひそめた。

「ちょいと家の中を覗いてみますか……」

亀吉は、高い板塀に囲まれた家を眺めた。

「何処に行ったのか、何か手掛りがあるかもしれないか……」

「はい……」

亀吉は頷いた。

「よし……」

辰五郎と亀吉は、板塀の木戸から素早く忍び込んだ。

藤兵衛の家の中は、綺麗《きれい》に片付けられていた。

辰五郎と亀吉は、家の中を調べた。しかし、手掛りになるような物は何もなかった。

亀吉は、座敷の違い棚にある小さな桐箱に気が付いた。

小さな桐箱には、茶の湯の茶碗と書付けが入っていた。

「親分……」

「何かあったか……」

「ええ。茶の湯の茶碗が……」

「茶の湯の茶碗……」

「ええ。使った痕《あと》はありませんし、他に茶の湯の道具は何もありません。それに藤兵衛は茶の湯をやるような奴とも思えません。妙じゃあないですか……」

亀吉は眉をひそめた。

「うむ……」

辰五郎は、茶碗と一緒に入っていた書付けを読んだ。

「どうやら、麴町の香泉堂って茶道具屋から貰ったようだな……」

茶道具屋『香泉堂』は繁盛していた。

麟太郎は見張った。

旅姿の藤兵衛が、若い娘と茶道具屋『香泉堂』から出て来た。

おさきだ……。

麟太郎は、若い娘をおさきと見定めた。

「じゃあ、おさきちゃん、旦那とお内儀さんに親孝行するんだよ」

「ええ。伯父さん、次はいつ来るの……」

おさきは、屈託のない明るい笑顔を藤兵衛に向けた。

屈託のない明るい笑顔は、おさきが茶道具屋『香泉堂』主の伊三郎おしま夫婦に可愛がられている証《あかし》だ。

「さあなあ。それよりおさきちゃん、何か困った事が起きたら庭のお稲荷さんに手を合わせるんだよ」

茶道具屋『香泉堂』の庭には、お稲荷さんがあるのだ。

「お稲荷さんに……」

「ああ。困った事が起きた時は、きっとお稲荷さんが助けてくれるよ」

「へえ、お稲荷さんが、本当かな……」

おさきは笑った。

「ああ。本当だ……」

藤兵衛は、老顔を綻《ほころ》ばして頷いた。

庭のお稲荷さん……。

麟太郎は気付いた。

おそらく盗賊夜鳥の重吉の隠居金は、茶道具屋『香泉堂』の庭にある稲荷堂に隠されているのだ。

麟太郎は睨んだ。

やがて、藤兵衛はおさきに別れを告げて大横町から竹町に向かった。

おさきは、藤兵衛を見送った。

麟太郎は、おさきが店に戻るのを見定めてから藤兵衛を追い掛けようとした。

藤兵衛は、竹町の辻《つじ》を曲がって姿を消した。

おさきは店に戻る……。

麟太郎は、おさきを見た。

おさきは、店に入って行った。

店の斜向いの路地に人影が過ぎった。

麟太郎は、おさきが店に入ったのを見届け、藤兵衛を追って竹町の辻に急いだ。

竹町の辻を曲がった麟太郎は振り返り、物陰から茶道具屋『香泉堂』を窺った。

茶道具屋『香泉堂』の前に変わった事はなく、斜向いの路地から人影が現われもしなかった。

人影は何者なのか……。
茶道具屋『香泉堂』を見張っていたのなら蓑吉なのかもしれない。
だが、蓑吉はおさきと茶道具屋『香泉堂』を知らない筈だ。
ひょっとしたら、蓑吉は藤兵衛と俺を尾行て来たのかも知れない。
しまった……。
麟太郎は、背後を警戒しなかった己の迂闊《うかつ》さを責めて悔んだ。
四ツ谷御門には多くの人が行き交っていた。
麟太郎は、竹町からやって来て辺りを窺った。
四ツ谷御門前の何処にも、既に藤兵衛の姿はなかった。
何処に行ったのか……。
麟太郎は、藤兵衛を見失った。
さあて、どうする……。
麟太郎は、人影が蓑吉かどうか見定める事にした。
人影が蓑吉なら、何かを企んでいるのは間違いない。
何をする気だ……。

麟太郎は、蓑吉の動きが気になった。

夕陽は、外濠に架かっている四ツ谷御門を窺う麟太郎の影を長く伸ばした。


茶道具屋『香泉堂』は、軒行燈を灯して大戸を閉めた。

麟太郎は、一膳飯屋の窓辺に座り、腹拵えをしながら斜向いの茶道具屋『香泉堂』を見張った。

僅かに開けた障子の隙間から見える茶道具屋『香泉堂』は、夜の静けさに覆われていた。

麟太郎は、一本の徳利の酒を嘗《な》めるように飲みながら見張り続けた。

刻は過ぎた。

拍子木の乾いた音が夜空に響いた。

木戸番の夜廻りだ。

麟太郎は、一膳飯屋の窓から拍子木を打ちながら通り過ぎて行く木戸番を見送った。

「お客さん、そろそろ看板なんですが……」

亭主が、麟太郎の許にやって来た。

「そうか。亭主、済まぬが店を閉めてから一刻《いっとき》（約二時間）程置いちゃあくれないかな……」

麟太郎は、一膳飯屋の亭主に一分銀を差し出した。

「えっ。店を閉めてから一刻程ですか……」

亭主は、戸惑いながら差し出された一分銀を見詰めた。

「ああ。どうかな……」

麟太郎は、亭主に一分銀を握らせた。

「分かりました。じゃあ、酒と何か作って持って来ますぜ」

亭主は、嬉《うれ》しげに一分銀を握り締めた。

一膳飯屋の店内には燭台《しょくだい》一つが灯され、麟太郎を仄《ほの》かに照らしていた。

何処かの寺の鐘が、亥の刻四つ（午後十時）を告げた。

そろそろ何かが起こる……。

麟太郎は、窓の障子の隙間から見える茶道具屋『香泉堂』を見詰めた。

闇が揺れた。

来た……。

麟太郎は、刀を腰に差して暗い板場に向かった。

茶道具屋『香泉堂』は軒行燈を消し、寝静まっていた。

麟太郎は、物陰に隠れて闇を透かし見た。

盗っ人姿の男が長脇差《ながドス》を腰に差し、茶道具屋『香泉堂』の前に現れた。

盗賊、蓑吉か……。

麟太郎は見守った。

盗賊は、茶道具屋『香泉堂』の潜り戸に忍び寄った。そして、懐から道具を取り出して潜り戸を抉開《こじあ》けようとした。

麟太郎は、暗がりを出ようとした。

一瞬早く、潜り戸を抉開けようとしていた盗賊の背後に別の盗っ人が音もなく現れた。

麟太郎は、暗がりを出るのを止《や》めて二人の盗っ人を見守った。

「蓑吉……」

背後に現れた盗っ人は、潜り戸を抉開けようとしている盗賊に呼び掛けた。

潜り戸を抉開けようとしていた盗賊は驚き、振り返った。

蓑吉だった。

「やっぱり尾行ていたかい……」

背後に現れた盗っ人は、嗄れ声で笑った。

閻魔の藤兵衛だ。

「と、藤兵衛……」

蓑吉は怯んだ。

次の瞬間、藤兵衛は匕首を抜いて蓑吉に突き掛かった。

蓑吉は、咄嗟《とっさ》に身を投げ出して躱した。

「生かしちゃあおけねえ……」

藤兵衛は、尚も蓑吉に突き掛かった。

蓑吉は必死に躱し、藤兵衛の背中に長脇差を一閃《いっせん》した。

藤兵衛は、背中を袈裟《けさ》に斬られて仰け反り倒れた。

「爺、年貢の納め時だ。重吉の隠居金の隠し場所はおさきに訊くぜ」

蓑吉は、冷酷な笑みを浮かべた。

「知らねえ。おさき坊は何も知らねえ……」

「煩《うる》せえ。死ね……」

蓑吉は、藤兵衛に止《とど》めを刺そうと長脇差を振り上げた。

刹那、麟太郎が蓑吉を突き飛ばした。

蓑吉は、弾き飛ばされて倒れた。

「蓑吉……」

麟太郎は立ちはだかった。

「手前、邪魔ばかりしやがって……」

蓑吉は怒りに顔を醜《みにく》く歪《ゆが》め、麟太郎に猛然と斬り掛かった。

麟太郎は、抜打ちの一刀を鋭く放った。

蓑吉は、胸元を斜めに斬り上げられて仰け反り、血を振り撒《ま》いて倒れた。

麟太郎は、倒れている藤兵衛に近寄った。

「大丈夫か、御隠居……」

麟太郎は、藤兵衛を抱き起こした。

「こりゃあ、麟太郎さん……」

藤兵衛は、頰《ほお》を引き攣《つ》らせて笑った。

「今、医者に連れて行くぞ」

「そ、それには及ばねえ……」

「御隠居……」

「は、早く此処から……」

藤兵衛は、茶道具屋『香泉堂』の者に気付かれるのを恐れた。

「そうか……」

麟太郎は、藤兵衛を抱き起こした。

次の瞬間、藤兵衛は前のめりに麟太郎の胸に崩れ込んだ。

「御隠居……」

麟太郎は、藤兵衛の様子を窺った。

藤兵衛は絶命していた。

「御隠居……」

麟太郎は、呆然《ぼうぜん》と呟《つぶや》いた。

藤兵衛の背中は斬られ、着物には血が広がっていた。

血に塗《まみ》れた閻魔大王の彫り物が、着物の斬られた処から見えた。

麟太郎は、着物の斬り口を広げた。

血に塗れた閻魔大王は、老いて肉の緩んだ背中に肩を落して座っていた。

閻魔大王……。

鱗太郎は、閻魔大王の顔を見た。

閻魔大王の厳しく怒った眼は垂れ、穏やかに微笑んでいた。

御隠居……。

鱗太郎は、大きな溜息を吐《つ》いた。

「何をしている……」

連雀町の辰五郎と下っ引の亀吉が、駆け寄って来た。

「親分、亀さん……」

鱗太郎は、辰五郎と亀吉を呼んだ。

「鱗太郎さん、御隠居ですか……」

亀吉は、鱗太郎の腕の中で死んでいる藤兵衛に眼を凝《こ》らした。

「ええ……」

鱗太郎は頷いた。

「此奴が蓑吉ですかい……」

辰五郎は、蓑吉の死を見定めた。

「ええ。藤兵衛を斬ったので、俺が……」

麟太郎は、厳しい面持ちで告げた。

「分かりました。後始末は引き受けた。麟太郎さんは藤兵衛を……」

辰五郎は告げた。

「親分。忝《かたじけな》い……」

麟太郎は、辰五郎に深々と頭を下げ、亀吉の手を借りて藤兵衛を背負った。

軽い……。

藤兵衛は軽かった。

麟太郎は、軽い藤兵衛を背負って夜の闇を進んだ。

藤兵衛の背中の閻魔大王は、穏やかに微笑んでいた。


「それで、盗賊夜烏の重吉一味の残党は一人残らずお縄にしたのか……」

根岸肥前守《ひぜんのかみ》は、内与力の正木平九郎に尋ねた。

「はい。今戸と元鳥越の盗っ人宿を潰し、盗賊共を捕え、残る頭分の蓑吉なる者は、昨夜遅く、麟太郎さんに斬り棄てられました」

平九郎は告げた。

「麟太郎に……」

肥前守は眉をひそめた。

「はい……」

「そうか。して、夜烏の重吉の隠居金なる物は如何《いかが》致した」

「それなのでございますが、麟太郎さんが閻魔の藤兵衛と申す老盗っ人から訊き出そうとしましたが、蓑吉に斬られて……」

「死んだのか……」

「はい。それ故、夜烏の重吉の隠居金は闇の彼方《かなた》に消えたそうです」

「そうか……」

肥前守は、隠居金始末の裏に麟太郎の想いが秘められていると睨んだ。

「して、その為に泣く者はいないのか……」

「おりませぬ……」

平九郎は頷いた。

「ならば良いだろう。して麟太郎は……」

「老盗っ人の閻魔の藤兵衛を手厚く葬り、今は絵草紙に打ち込んでいるそうです」

「そうか……」

肥前守は微笑んだ。

地本問屋『蔦屋』の主のお蔦は、麟太郎の書いて来た絵草紙『大江戸閻魔帳・世は情け閻魔の白浪』を読み終えた。

「どうだ……」

麟太郎は、身を乗り出した。

「いいわね。面白いじゃあない……」

お蔦は笑った。

「そうか。そいつは良かった」

麟太郎は、満面に安堵《あんど》を浮かべた。

「で、この年寄りの盗っ人の話、本当の事なの、それとも閻魔堂赤鬼が創ったの……」

お蔦は尋ねた。

「二代目、そいつは言わぬが花だ……」

麟太郎は、楽しげに笑った。

お蔦は、不服げに頬を膨《ふく》らませた。

麟太郎は、藤兵衛の背中の穏やかな眼の閻魔大王を思い浮かべた。

第三話　不運な女

一

江戸湊《みなと》は煌《きら》めき、流れ込んでいる大川《おおかわ》の河口近くには永代橋《えいたいばし》が架《か》かっている。

その永代橋の橋脚に羽織《はおり》を着た中年男の死体が引っ掛かり、船番所《ふなばんしょ》の役人たちによって引き揚げられた。

南町奉行所臨時《りんじ》廻《まわ》り同心の梶原八兵衛は、岡《おか》っ引《ぴき》の連雀《れんじやく》町《ちょう》の辰五郎と中年男の死体を検《あらた》めた。

「身体《からだ》に傷はない。どうやら土左衛門《どざえもん》だな」

梶原は、中年男が溺れ死んだ土左衛門だと見定めた。

「ええ……」

辰五郎は頷《うなず》いた。

「して、何処《どこ》の誰なのか分かったのか……」

「はい。持ち物から神田須田町《かんだすだちょう》の近江屋《おうみや》って瀬戸物屋の旦那《だんな》の長兵衛《ちょうべえ》さんだと分かりました」

「瀬戸物屋の主《あるじ》の長兵衛か……」

「はい。今、亀吉が近江屋の者を呼びに行っています。もう直《じき》、戻って来るかと……」

「そうか……」

「それにしても旦那、土左衛門でも誤って落ちたのと、突き落とされたのでは、まったく違ってきますが……」

辰五郎は眉《まゆ》をひそめた。

「うむ。その辺りの見極めだな……」

梶原は頷いた。

「旦那、親分……」

亀吉は、初老の男を連れて来た。

「近江屋の番頭の善蔵《ぜんぞう》さんです」

亀吉は、梶原と辰五郎に連れて来た初老の男を引き合わせた。

「番頭の善蔵か……」

「はい……」

初老の男は、怯《おび》えた面持《おもも》ちで頷いた。

「連雀町の……」

梶原は、辰五郎を促した。

「はい……」

辰五郎は、筵《むしろ》を捲《めく》って長兵衛の顔を見せた。

「旦那さま……」

番頭の善蔵は、長兵衛の死体に取り縋《すが》って泣き出した。

「どうやら、間違いないようだ」

「ええ。で、亀吉、旦那の長兵衛さんの昨夜の足取り、分かったのか……」

「はい。長兵衛の旦那、昨夜は同業者の寄合《よりあい》で花川戸《はなかわど》の料理屋に出掛けたそうです」

亀吉は告げた。

「じゃあ、その辺から追ってみるか……」

「ええ……」

「梶原の旦那、お聞きの通りです」

「じゃあ、俺は長兵衛の身辺に変わった事がなかったか、善蔵に詳《くわ》しく訊《き》いてみる。

花川戸の料理屋を頼む……」

梶原は頷いた。

「承知しました」

辰五郎と亀吉は、浅草花川戸町に向かった。


地本《じほん》問屋『蔦屋《つたや》』は、役者絵を選ぶ娘客たちで賑《にぎ》わっていた。

麟太郎は、『蔦屋』の店先に佇《たたず》んでお蔦の出て来るのを待っていた。

通油町《とおりあぶらちょう》の通りには、様々な人が行き交っていた。

麟太郎は、両国《りょうごく》の方から通油町の通りを来る年増に気が付いた。

年増は大店《おおだな》のお内儀のようであり、落ち着いた色柄の着物を着て女中を従えていた。

麟太郎は、眼を凝《こ》らした。

年増は、佇んでいる麟太郎に気付き、微笑《ほほえ》みを浮かべて会釈をした。

美しい……。

麟太郎は、思わず見惚《みと》れた。

年増は、麟太郎に美しい微笑みを残して通り過ぎて行った。

麟太郎は見送った。

「何を見惚れてんのよ」

お蔦が、麟太郎の背中を小突《こづ》いた。

「お。おう……」

麟太郎は狼狽《うろた》え、顔を擦《こす》った。

「じゃあ、行きますよ……」

「うん……」

麟太郎は、お蔦に続いた。

お蔦のお気に入りの甘味処は、浜町堀《はまちょうぼり》に架かっている緑橋《みどりばし》の袂《たもと》にあった。

麟太郎とお蔦は、茶を飲みながら団子を食べた。

「ねっ。此処《ここ》のお団子、美味《おい》しいでしょう」

「うん、美味《うま》いな……」

麟太郎は、団子を食べた。

「麟太郎さん、さっきのお内儀さん、誰か知っているの……」

「いや。今日、初めて見掛けた年増だ。名前も素性も知らぬ」

「そう……」

「二代目は知っているのか……」

「ええ。日本橋《にほんばし》は室町《むろまち》三丁目の仏具屋秀宝堂《しゅうほうどう》の娘のおゆいさんですよ」

「仏具屋秀宝堂の娘のおゆい……」

　麟太郎は、団子を口元で止めて戸惑いを浮かべた。

「ええ……」

「二代目。娘って、おゆいさん、もうお内儀って年頃だろう……」

　麟太郎は、戸惑いを浮かべた。

「あら、麟太郎さん。三十歳近い年増でも娘はいるわよ」

「そりゃあ、ま、そうだが……」

「麟太郎さん、おゆいさんはね、お嫁に行くと決めた相手の男《ひと》に次々と死なれる男運の悪い女《ひと》なんですよ……」

　お蔦は囁《ささや》いた。

「嫁に行くと決めた相手に次々と死なれる……」

　麟太郎は眉をひそめた。

「ええ。それで男運の悪い女と呼ばれている内は良かったんですが、三人目辺りから陰で男殺しとか、死に神とか疫病神《やくびょうがみ》とか呼ばれるようになったとか。お気の毒に……」

お蔦は、おゆいに同情しながら茶を飲んで団子を食べた。

「三人目辺りから男殺しに死に神、疫病神って、その後にも……」

麟太郎は訊いた。

「一人……」

「じゃあ、都合四人、死んでいるのか……」

「ええ……」

「で、今は……」

「何処かお店の旦那の後添《のちぞ》いの話があるとか、ないとか……」

お蔦は眉をひそめた。

「五人目か……」

麟太郎は、楽しげな笑みを浮かべた。


浅草《あさくさ》広小路は、金龍山浅草寺《きんりゅうざんせんそうじ》に来た客で賑わっていた。

辰五郎と亀吉は、浅草広小路を横切って花川戸町の料理屋『川浜《かわはま》』を訪れた。

瀬戸物屋の寄合は、戌《いぬ》の刻《こく》五つ（午後八時）に御開《おひらき》になり、神田須田町の瀬戸物屋

『近江屋』の主の長兵衛は、料理屋『川浜』を後にしていた。

「で、女将《おかみ》さん、長兵衛さん、駕籠《かご》は呼ばなかったのかい……」

「ええ。酔い覚ましに風に当たりながら吾妻橋《あづまばし》の立場《たてば》迄《まで》行き、駕籠に乗ると仰《おつしや》って……」

立場とは、駕籠舁《かき》が駕籠を止めて休息する処だ。

「そうですか。で、その時、長兵衛さんに変わった様子はなかったかな」

「ええ。別にありませんでしたが……」

女将は首を捻《ひね》った。

料理屋『川浜』での寄合では、長兵衛の身に変わった様子はなかった。

「親分、吾妻橋の立場に行ってみますか……」

「そうだな……」

辰五郎と亀吉は、吾妻橋の袂にある立場に向かった。

「そうか、此処の処《ところ》、長兵衛の身には何も変わった事はないか……」

梶原八兵衛は頷いた。

「はい。店の商いも順調ですし、此《これ》と云《い》った面倒も起きちゃあいませんし……」

番頭の善蔵は、微《かす》かな不安を過《よ》ぎらせた。

「何か気になる事でもあるのか……」

梶原は、善蔵の様子に気が付いた。

「は、はい……」

善蔵は、躊躇《ためら》いがちに頷いた。

「何だ……」

「実は、梶原さま、旦那さまは早くにお内儀さまを亡くされ、漸《よう》く後添えの方が決まったのですが……」

「そいつは目出度《めでた》い話だが、どうした……」

梶原は、善蔵に怪訝《けげん》な眼を向けた。

「はい。後添えに決まった御方は、男殺しと噂《うわさ》のおゆいさまなのです」

善蔵は、怯えを滲《にじ》ませた。

「男殺しと噂のおゆいさま……」

八兵衛は眉をひそめた。

「はい。おゆいさまは、夫婦《めおと》約束をされた殿方を次々に亡くされる方でして……」

「へえ。ならば、長兵衛はその運の悪い、気の毒な女を後添えに決めたから亡くなったと云うのかい」

「いえ。そこ迄は申しませんが……」

善蔵は狼狽えた。

「ああ。ま、そんな事は只《ただ》の偶然だろう」

梶原は、おゆいの妙な噂を歯牙《しが》にも掛けなかった。

日本橋室町三丁目の仏具屋『秀宝堂』は、落ち着いた店構えの老舗《しにせ》だった。

噂のおゆいの家……。

麟太郎は、仏具屋『秀宝堂』を眺《なが》めた。

夫婦約束をした男たちに次々と死なれるおゆい……。

麟太郎はおゆいに興味を抱き、お蔦と別れた後、室町の仏具屋『秀宝堂』にやって来た。

やって来た処で、仏具屋『秀宝堂』の店先におゆいがいる筈《はず》もない。

だが、ひょっとしたら……。

麟太郎は、微笑むおゆいの顔を思い浮かべて仏具屋『秀宝堂』の前に佇み、眺め続けた。

連雀町の辰五郎と下っ引の亀吉は、浅草での聞き込みを終えて、神田須田町の瀬戸物屋『近江屋』にやって来た。

「おう。連雀町の……」

辰五郎と亀吉が須田町の自身番の前を通り過ぎようとした時、梶原八兵衛の声がした。

梶原は自身番の框《かまち》に腰掛け、家主や店番を相手に茶を飲んでいた。

蕎麦屋《そばや》は空《す》いていた。

梶原、辰五郎、亀吉は、蕎麦を手繰《たぐ》って腹拵《はらごしら》えをした。

「で、どうだった、浅草は……」

梶原は訊いた。

「はい。近江屋の長兵衛さん、寄合のあった料理屋では変わった様子もなく、戌の刻五つに寄合は御開になり、長兵衛さんは風に当たって酔いを覚まして駕籠に乗ると、吾妻橋の袂の立場に行ったそうでしてね」

「吾妻橋の袂の立場か……」

「ええ。それで立場にいた駕籠舁たちに訊いたのですが、夜の事は分らないと。ですから、戌の刻五つ過ぎに行ってみますよ」

「そうか。ま、吾妻橋の袂に行ったのが間違いなければ、その時に誤って落ちたか、何かあったか……」

梶原は、想いを巡らせた。

「ええ。それで旦那の方は……」

辰五郎は尋《たず》ねた。

「そいつなんだが、商いも順調で面倒も起きていなく、長兵衛自身も後添えが決まって喜んでいたらしい……」

「それなら、身投げはありませんか……」

辰五郎は読んだ。

「ああ。身体に争った痕《あと》もないし、やはり誤って大川に落ちたか……」

「はい。処で旦那、長兵衛さんの後添えが決まっていたってのは……」

「うむ。長兵衛は早くにお内儀を亡くしていてね。今度、後添えが決まっていたそうだ」

「後添え、何処の誰なんですか……」

「そいつが、何でも夫婦約束をした男に次々と死なれる男運の悪い女だそうでな。名前は確か……」

「おゆいさんですか……」

亀吉は、おゆいを知っていた。

「知っているのか、亀吉……」

「はい。噂だけですが……」

「じゃあ、おゆいさんにしてみれば、今度も夫婦約束をした長兵衛が死んだ訳か……」

辰五郎は首を捻った。

「はい。此で何人目になるのか……」

亀吉は眉をひそめた。

「まったく男運の悪い、気の毒な女だぜ」

梶原は、おゆいに同情した。

「はい……」

「ま、長兵衛は誤って大川に落ちたと見て良いだろうが、一応、おゆいにも当たってみてくれ」

「承知しました」

梶原は、辰五郎や亀吉と別れて南町奉行所に向かった。

麟太郎は、仏具屋『秀宝堂』の周囲の者たちにそれとなく聞き込みを掛け、おゆいの過去を洗った。

おゆいの男運の悪さは、十七歳の時から始まっていた。

おゆいは十七歳の時、親の決めた許嫁《いいなずけ》だった大店《おおだな》の若旦那を流行病《はやりやまい》で亡くした。

二十歳の時、婿《むこ》養子に迎えようとした手代は崩れた石垣の下敷きになって死んだ。

二十三歳の時、互いに惚《ほ》れ合った旗本は御役目に失敗して切腹をして果てた。

二十六歳の時、商い一筋で婚期の遅れたお店の旦那に望まれて夫婦約束をした。しかし、そのお店の旦那も卒中《そっちゅう》で急死した。

おゆいと夫婦約束をした四人の男は、揃《そろ》って不運な死を遂げた。

それらの事は只の偶然なのかもしれないが、おゆいにとっては不運な恐ろしい出来事でもあるのだ。

麟太郎は、おゆいの男運の悪さを哀れまずにはいられなかった。

そして今、おゆいは二十九歳の年増となり、あるお店の旦那の後添えに望まれている。

五人目の男……。

五人目の男が何処のお店の旦那なのかは、未《ま》だ良く分からない。

麟太郎は、漸くそこ迄の事を調べ、仏具屋『秀宝堂』に戻った。

「あれ、麟太郎さんじゃありませんか……」

亀吉と辰五郎がやって来た。

「やあ、親分、亀さん……」

麟太郎は、笑顔で迎えた。

「仏壇でも買うんですかい……」

亀吉は、仏具屋『秀宝堂』の前に佇んでいる麟太郎に笑い掛けた。

「いやあ。仏壇は無理だ。精々《せいぜい》線香ですよ」

麟太郎は苦笑した。

「処《ところ》で親分、亀さん、何か事件ですか……」

麟太郎は尋ねた。

「いや。事件と決まってはいないのだが、須田町の瀬戸物屋の旦那が土左衛門であがってね。それで、此《こ》の秀宝堂のお嬢さんにちょいと訊きたい事があってね」

辰五郎は、小さな笑みを浮かべた。

「親分、秀宝堂のお嬢さんって、おゆいさんですか……」

麟太郎は、思わず身を乗り出した。

「ええ……」

辰五郎は頷いた。

「じゃあ、ひょっとしたら土左衛門であがった瀬戸物屋の旦那ってのは、おゆいさんを後添えに望んでいた……」

麟太郎は緊張した。

「えっ。麟太郎さん、何か知っているんですか……」

亀吉は眉をひそめた。

「そうですか。おゆいさんと夫婦約束をした五人目のお店の旦那も死にましたか……」

麟太郎は、呆然《ぼうぜん》と立ち尽した。

麟太郎は、仏具屋『秀宝堂』の娘のおゆいに逢《あ》う辰五郎に連れて行ってくれと頼んだ。

「いいでしょう……」

辰五郎は頷き、亀吉と麟太郎を伴って仏具屋『秀宝堂』を訪れ、おゆいに面会を求めた。

仏具屋『秀宝堂』の番頭は、慌てて主の義平《ぎへい》に報せた。

主の義平は、辰五郎、亀吉、麟太郎を店の商談用の座敷に通した。

「秀宝堂の主の義平だが……」

義平は、恰幅《かっぷく》の良い老人だった。

「あっしはお上《かみ》の御用を承っている辰五郎と申します。で、こっちは亀吉に麟太郎にございます」

「それで何か用ですかな……」

義平は、鷹揚《おうよう》に頷いた。

「あの。おゆいさんは……」

「用件は何かな……」

義平は、辰五郎の言葉を無視した。

「そうですか。実は神田須田町の瀬戸物屋の近江屋の旦那の長兵衛さんが、今朝方《けさがた》大川に土左衛門であがりましてね」

辰五郎は苦笑した。

「えっ……」

義平は驚いた。

「昨夜、戌の刻五つ。おゆいさんは何処にいましたかい……」

「えっ。親分、近江屋の長兵衛は本当に……」

義平は狼狽えた。

「おゆいさんは何処にいました……」

辰五郎は、構わずに訊いた。

「お、おゆいは……」

義平は躊躇った。

「岡っ引風情《ふぜい》に云えないと仰るなら、同心や与力の旦那に御足労戴《いただ》きますが……」

辰五郎は冷笑した。

「そ、それには及びません。おゆいは……」

「私は家におりました……」

座敷の外から女の声がし、襖《ふすま》が開けられた。

襖の外にはおゆいがいた。

「ゆいにございます。失礼致します」

おゆいは座敷に入り、襖を閉めて挨拶《あいさつ》をした。

「お、おゆい……」

義平は困惑した。

「私は昨夜、戌の刻五つには此《こ》の家におりました」

「間違いありませんかい……」

「はい。自分の部屋に婆《ばあ》やと一緒に。して親分さん、近江屋長兵衛さまは……」

おゆいは、諦《あきら》めを過ぎらせた。

「昨夜、戌の刻五つ過ぎに大川に落ち、今朝方、土左衛門であがりました」

辰五郎は告げた。

麟太郎は、おゆいを見詰めた。

「そうですか。長兵衛さま、お亡くなりになりましたか……」

おゆいは取り乱しもせず、能面のような静けさを浮かべていた。

美しい……。

麟太郎は、思わず見惚れた。

二

おゆいは、瀬戸物屋『近江屋』長兵衛の死を知らなかった。そして、知った時、驚きも哀しみもしなかった。

まるで予期していたかの如《ごと》く、長兵衛の死を静かに受け入れた。

その横顔は、清絶な美しさに満ちていた。

夫婦約束をした五人目の男も死んだ。

おゆいは、既に運命に抗《あらが》う気持ちが失《う》せているのかもしれない。

麟太郎は、おゆいを哀れまずにいられなかった。

「五人目ともなると、驚きも哀しみもしないのですかね……」

亀吉は、吐息を洩《も》らした。

「しないのじゃあなく、出来なくなっちまったのかもしれないな」

辰五郎は眉をひそめた。

「ええ……」

麟太郎は頷いた。

おゆいは、哀れにも夫婦約束をした男の死に慣れてしまっている。

麟太郎、辰五郎、亀吉は、仏具屋『秀宝堂』を後にして一膳飯屋に入った。

「それにしても、おゆいが知る限りでは、長兵衛が誰かに恨まれている様子はなかったってのは、信じられますかね」

亀吉は眉をひそめた。

「ま、信じられると思うがな」

「身投げも殺しもなしとなると、やっぱり誤って大川に落ちたんですかね」

「決めるのは、今夜、吾妻橋の立場に行って駕籠舁に訊いてからだ」

辰五郎は、手酌《てじゃく》で酒を飲んだ。

一膳飯屋の窓の外は、いつの間にか夜になっていた。

浅草寺の戌の刻五つを報せる鐘の音が、隅田《すみだ》川《がわ》の暗い流れに響き渡った。

辰五郎と亀吉は、浅草吾妻橋の袂の立場を訪れた。

立場には、二挺《ちょう》の町駕籠と四人の駕籠舁が休んでいた。

辰五郎と亀吉は、駕籠舁たちに昨夜の戌の刻五つにも立場にいたかどうか尋ねた。

駕籠舁たちの二人がいた。

辰五郎は、昨夜の今頃、お店の旦那が来たかどうか訊いた。

「昨夜の今頃ですかい……」

二人の駕籠舁は顔を見合わせ、首を捻った。

「ああ。来なかったかな……」

「さあて、なあ……」

二人の駕籠舁は、昨夜の戌の刻五つにお店の旦那が立場に来なかったと証言した。

「親分……」

亀吉は、戸惑いを浮かべた。

「ああ。って事は、此処に来なかったか、それとも花川戸町の川浜から来る途中に何かがあったのか……」

辰五郎は眉をひそめた。

暗い隅田川には、船行燈《ふなあんどん》の明かりが心細げに揺れていた。

朝陽に照らされた腰高障子《こしだかしょうじ》が叩《たた》かれた。

「おう。開いているぞ」

麟太郎は、煎餅布団《せんべいぶとん》を被《かぶ》ったまま怒鳴《どな》った。

「麟太郎さん……」

お蔦が、腰高障子を開けて入って来た。

「どうした二代目……」

麟太郎は、眠い眼を擦って煎餅布団を二つに折り、壁際《かべぎわ》に押し付けた。

「例の秀宝堂のおゆいさんが後添えに入る手筈《てはず》になっていた瀬戸物屋の旦那、亡くなったそうよ」

お蔦は告げた。

「そいつなら知っているよ」

「知っているって、五人目よ五人目。おゆいさんが夫婦約束をした五人目の男がやっぱり死んだのよ」

お蔦は興奮していた。

「二代目、そいつを誰に聞いた……」

死んだ瀬戸物屋『近江屋』の長兵衛と仏具屋『秀宝堂』のおゆいとの拘《かかわ》りは、僅《わず》かな者たちしか知らない筈だ。

「誰にって。店の者がお客に聞いて。もうみんな知っているわよ」

「みんな……」

麟太郎は驚いた。

「ええ。それで、長兵衛さんはおゆいさんに見込まれたのが運の尽きだったと……」

お蔦は告げた。

「おゆいさんに見込まれたのが運の尽き……」

世間の者たちは、長兵衛の死をおゆいの所為《せい》だと噂しているのだ。

「ええ。専《もっぱ》らの評判ですよ」

「専らの評判って、そんなに広まっているのか……」

一晩で多くの者が知っているのは、何者かが広めたからなのかもしれない。

麟太郎は眉をひそめた。

もし、そうだとしたら何者が何故《なにゆえ》に……。

麟太郎は、広まった評判の裏に潜む何者かの悪意を感じた。


「ほう。して、その土左衛門、身投げや殺しではないのだな」

南町奉行根岸肥前守《ひぜんのかみ》は、内与力《うちよりき》の正木平九郎に訊き返した。

「はい。臨時廻り同心の梶原八兵衛の話では、身投げする理由も争った形跡もなく、誤って隅田川に落ちたのかもしれぬと……」

「そうか……」

「それで御奉行、その土左衛門、神田須田町の瀬戸物屋近江屋長兵衛ですが、近々後添えを貰《もら》う事になっていましてね」

「そうか、ならば後添えになる約束の女も驚いただろうな」

「それが御奉行、その後添えになる約束の女ですが、若い頃から夫婦約束をした男たちに次々と死なれている女でしてね……」

「夫婦約束をした男たちに、次々と死なれている女……」

肥前守は眉をひそめた。

「はい。十七歳の時に一人目で、土左衛門であがった長兵衛で五人目だそうです」

「五人目……」

「はい。それで世間の者たちは、その女と夫婦約束をしたのが運の尽きだと噂し合っているとか……」

「世間の者たちが……」

「はい。運の尽き、何もかも女の悪い運の所為だと……」

平九郎は眉をひそめた。

「何もかも女の悪い運の所為か……」

「はい……」

「平九郎、土左衛門であがった長兵衛が、夫婦約束をした男に次々と死なれる女と拘りがあるのを、世間の者たちは昨日の今日でどうして知ったのだ」

肥前守は、厳しさを過ぎらせた。

「それは、おそらく……」

平九郎は、戸惑いを滲ませた。

「おそらく……」

「何者かが広めた……」

平九郎は睨《にら》んだ。

「うむ。平九郎、土左衛門であがった長兵衛と近江屋、梶原八兵衛に詳しく調べさせるのだな」

肥前守は、小さな笑みを浮かべた。

神田須田町の瀬戸物屋『近江屋』長兵衛は、仏具屋『秀宝堂』の娘おゆいの悪い運に巻き込まれて死んだ。

世間の者たちは、恐ろしげに囁き合いながら仏具屋『秀宝堂』の前を行き交っていた。

仏具屋『秀宝堂』には、訪れる客もいなく暗く沈んでいた。

「気の毒なもんですよ。妙な噂が広まってしまって……」

亀吉は、仏具屋『秀宝堂』に同情した。

「ええ……」

麟太郎は頷いた。

「此じゃあ、まるでおゆいさんを長兵衛殺しの下手人扱いですぜ」

亀吉は、腹立たしげに告げた。

「ええ。そいつを狙っての事かもしれませんね」

麟太郎は睨んだ。

「狙っての事……」

亀吉は、麟太郎に怪訝な眼を向けた。

「亀さん、長兵衛さんは誤って隅田川に落ちたのではなく、何者かに突き落されたのかもしれません」

麟太郎は読んだ。

「突き落されたって。じゃあ、長兵衛さんは殺されたんですか……」

「ええ。殺して、おゆいさんの悪い運の所為にした……」

「麟太郎さん……」

亀吉は、緊張を浮かべた。

「違いますかね……」

麟太郎は、厳しさを滲ませた。

梶原八兵衛は、辰五郎と亀吉に神田須田町の瀬戸物屋『近江屋』長兵衛の死を調べ直すと告げた。

「調べ直す……」

辰五郎は、戸惑いを浮かべた。

「ああ。御奉行が長兵衛の一件を聞き、おゆいとの拘りを世間の者が知るのが早過ぎると気にされてな。裏に何かが秘められているかもしれぬと……」

梶原は告げた。

「ひょっとしたら、おゆいさんの悪い運の所為にしようって魂胆の奴がいますか……」

亀吉は眉をひそめた。

「亀吉……」

梶原は、感心した眼を向けた。

「いえ。こいつは麟太郎さんの云っていた事でして……」

亀吉は笑った。

「麟太郎さんの……」

梶原は眉をひそめた。

「はい……」

「そうか、麟太郎さんの睨みか……」

梶原は、麟太郎が肥前守と同じような睨みをしたのに戸惑った。

似ているのか……。

梶原は、麟太郎と肥前守に何らかの拘りがあるのは気が付いているが、詳しくは知らなかった。

南町奉行根岸肥前守と戯作者閻魔《えんま》堂赤鬼《どうあかおに》こと青山麟太郎には、どのような拘りがあるのだ……。

梶原は気になった。

「それで旦那、どうしますか……」

辰五郎は尋ねた。

「う、うむ。先《ま》ずは死んだ長兵衛の身辺と近江屋だな」

「承知しました。先ずは番頭の善蔵さんに詳しく聞いて見ますか……」

「そうしてくれ。俺は同業の瀬戸物屋の旦那に逢ってみる」

梶原は、手筈を決めて辰五郎や亀吉と別れた。


神田須田町の瀬戸物屋『近江屋』は、主の長兵衛の弔《とむら》いは終えていた。だが、大戸を閉めて喪《も》に服していた。

辰五郎と亀吉は、番頭の善蔵を訪れた。

瀬戸物屋『近江屋』は薄暗く、初老の番頭の善蔵は疲れた様子で迎えた。

「やあ。忙しい処をすまないね……」

辰五郎は詫び、長兵衛の位牌《いはい》に線香をあげて手を合わせた。

亀吉が続いた。

「此《こ》の度《たび》はいろいろお世話になりました。お陰様で主も成仏しただろうと思います」

善蔵は、辰五郎と亀吉に礼を述べた。

「そいつは良かった。処で善蔵さん、旦那の長兵衛さん、家族は……」

「それが親分さん、亡くなった旦那さまは子供の頃に二親《ふたおや》を亡くされ、兄弟とも別れ別れになったそうでして。それからお内儀さんといろいろ御苦労されて此の店を開いたのです」

「で、お内儀さんが亡くなり、今日迄一人で暮らして来たのですか……」

「はい。そして店も落ち着き、旦那さまは漸く後添えを貰う決心をしたのですが……」

「その後添えが仏具屋秀宝堂のおゆいさんですか……」

「はい。ですが、おゆいさまを後添えにするなどとお決めにさえならなければ……」

善蔵は、悔《くや》しげに顔を歪《ゆが》めた。

「じゃあ、善蔵さんは旦那が死んだのは、おゆいさんの所為だと……」

「はい。男運の悪いおゆいさまと拘った所為で、旦那さまは巻き込まれて……」

善蔵は鼻水を啜《すす》った。

「処で善蔵さん、近江屋はどうするんですかい……」

辰五郎は、話題を変えた。

「それなのでございますが、奉公人たちもいますので、直《す》ぐに店仕舞《みせじま》いとはいかないので、暫《しばら》くは此のまま続けてみようかと……」

善蔵は、不安げな眼を辰五郎に向けた。

「じゃあ、善蔵さんが受け継いで商いを続ける訳ですね」

「ええ。そうなりますが、取り敢えずの話で、奉公人たちの身の振り方が落ち着く迄の事にございます」

「そうですか……」

辰五郎は頷いた。


仏具屋『秀宝堂』に客は滅多《めった》に訪れなかった。

麟太郎は見守った。

客は来なくても、男運の悪いおゆいを一目見ようと店を覗《のぞ》いて行く者はいた。

勿論《もちろん》、おゆいは店の奥の母屋《おもや》に引き籠《こ》もっており、店を覗いた処で見る事など出来る筈もない。

二人の浪人が来て、仏具屋『秀宝堂』の店内を覗き始めた。

おゆい見たさの馬鹿が……。

麟太郎は、腹立たしさを覚えた。

二人の浪人は酒でも飲んでいるのか、大声でおゆいと仏具屋『秀宝堂』を愚弄《ぐろう》し、

仏具屋『秀宝堂』から手代が現れ、二人の浪人に小さな紙包みを渡した。

金を握らせて引き取らす気か……。

麟太郎は見守った。

「巫山戯《ふざけ》るな……」

浪人たちは怒鳴り、小さな紙包みを地面に激しく叩き付けた。

小さな紙包みから四枚の一朱銀が飛び出し、跳ね返って煌めいた。

「おのれ、我らを浪人と侮《あなど》り、端金《はしたがね》で追い返そうとは許せぬ……」

浪人は喚《わめ》き、手代を殴り飛ばした。

手代は悲鳴をあげて倒れた。

浪人たちは、倒れた手代を蹴飛ばし始めた。

手代は悲鳴をあげ、頭を抱えて転げ廻った。

行き交う人々が足を止め、恐ろしげに囁き合った。

「お許しを、お許しを……」

番頭が飛び出して来て手代を庇《かば》い、土下座をして浪人たちに詫びた。

「ならぬ……」

罵《のの》り始めた。

浪人たちは怒鳴り、番頭を蹴り飛ばした。

番頭は、倒れている手代の上に仰向《あおむ》けに倒れた。

「愚弄した報い、思い知らせてくれる」

浪人の一人が刀を抜いた。

刹那《せつな》、麟太郎が駆込み、刀を抜いた浪人の腰を鋭く蹴り飛ばした。

浪人は、激しい勢いで地面に顔から倒れ込んだ。

「何だ、お前は……」

残る浪人は、驚きながらも刀を抜いた。

麟太郎は、蹴り倒した浪人の刀を素早く奪って構えた。

浪人は怯《ひる》み、刀の鋒《きっさき》を小刻みに震わせた。

麟太郎は、奪った刀の峰を返して踏込んで浪人の肩を鋭く打ち据《す》えた。

浪人は、刀を落してその場に蹲《うずくま》った。

「みっともない強請集《ゆすりたか》りは、いい加減にするんだな。さもなければ、次はその薄汚い首を貰い受けるぞ」

麟太郎は、奪った刀を投げ付けた。

二人の浪人は、それぞれの刀を拾って慌《あわ》てて逃げ去った。

麟太郎は見送った。

「ありがとうございました……」

仏具屋『秀宝堂』の番頭と手代は、麟太郎に深々と頭を下げた。

「いや、礼には及ばぬ……」

麟太郎は苦笑した。

「あの。宜《よろ》しければ、お茶などを差し上げたいので、お立ち寄り願えませんか……」

番頭は、麟太郎に店に入るように誘った。

「う、うむ……」

おゆいに逢えるかもしれない……。

麟太郎は頷いた。


仏具屋『秀宝堂』の店内では、奉公人たちが仏壇を始めとした仏具などを磨き、数《じゅ》珠《ず》や線香などの商品を片付けていた。

麟太郎は、店の商い用の座敷で茶を振る舞われた。

「美味い……」

老舗大店の茶は美味かった。

恰幅の良い初老の義平が、番頭と共に入って来た。

仏具屋『秀宝堂』主の義平か……。

麟太郎は、湯呑《ゆのみ》茶碗を置いた。

「此の度は番頭や手代をお助け戴きまして、まことにありがとうございます」

義平は、深々と頭を下げた。

「此は御丁寧《ごていねい》に……」

「確か麟太郎さまと仰いましたね……」

「はい……」

「麟太郎さま、剣はどちらで……」

「うん。駿河台《するがだい》は神道無念流《しんとうむねんりゅう》の撃剣館《げきけんかん》です」

「おお、岡田十松《おかだじゅうまつ》先生の……」

「はい……」

「そうですか、岡田先生の撃剣館ですか……」

義平は、満足げに頷いた。

岡田十松の撃剣館は、剣客だけではなく人も育てる剣術道場と評されている。その撃剣館で剣の修行する者となると、おのずとその人柄も知れる。

「旦那さま……」

番頭は、義平を窺った。

「うむ。処で麟太郎さま、手前共の事や評判は良く御存知ですね」

「はあ。それなりに……」

「此からも先程のような者共が訪れたりして、何が起こるか分かりません。それで、お願いなのですが、暫く手前共の店にいては戴けないでしょうか……」

義平は、麟太郎を見詰《みつ》めた。

「用心棒ですか……」

麟太郎は眉をひそめた。

「いえ。用心棒と云うより、お客人として……」

「客人……」

「はい。如何《いかが》でしょうか……」

義平は、麟太郎に縋《すが》る眼を向けた。

「分かりました。ならば客として店に出入りさせて貰いますよ」

麟太郎は、笑顔で頷いた。

三

瀬戸物問屋『恵比寿屋《えびすや》』は、楓川《かえでがわ》と八丁堀《はっちょうぼり》の交わる日本橋本材木町《ほんざいもくちょう》八丁目の炭町《すみちょう》にあった。

梶原八兵衛は、瀬戸物問屋『恵比寿屋』を訪れた。

瀬戸物問屋『恵比寿屋』は、南町奉行所御用達で皿や丼《どんぶり》、茶碗などを納めていた。

梶原は、瀬戸物問屋『恵比寿屋』の主の彦七《ひこしち》と逢った。

「して梶原さま、手前に御用とは何でございますか……」

彦七は、賄《まかな》い方同心ではなく三廻りの臨時廻り同心の梶原が来た訳が分からず、戸惑いを滲ませた。

「それなのだが、旦那は神田須田町の瀬戸物屋近江屋を知っているかな……」

「は、はい。近江屋さんなら取り引きがありますので……」

「ならば、近江屋の主の長兵衛が死んだのは知っているね」

「はい。お気の毒に、私も弔いに行きましたよ」

「そうか。して、近江屋長兵衛だが、旦那がみて、商いの方は如何かな……」

梶原は、長兵衛の商人としての才を尋ねた。

「そりゃあもう、亡くなった長兵衛さんは慎重で律儀な人でして、石橋を叩いて渡る手堅い商いをしていましたよ」

「じゃあ、商いは儲《もう》かっていると……」

「ええ。まあ、大儲けとは行かないでしょうが損もなく、それなりに……」

彦七は笑った。

「そうか……」

「ま、儲けている割りには、地道にやっていますよ」

「地道にねえ。ならば、それなりに金を溜《た》め込んでいるか……」

梶原は苦笑した。

「だと思いますが、長兵衛さんの様子を見ていると、決して溜め込んでいるとも思えないのですがね」

「そうとも思えない……」

梶原は眉をひそめた。

「ええ。ま、それも長兵衛さんの手堅く慎重な人柄なんでしょうがね……」

彦七は微笑んだ。

「そうか。して近江屋長兵衛、商いで誰かと揉《も》めているような事は聞いてはいないかな」

「さあて、長兵衛さんが商いで誰かと揉めているなどと、一度も聞いた事はありませんがねえ……」

彦七は首を捻った。

「そうか……」

梶原は頷いた。

「それにしても、長兵衛さんも運の悪い女を後添えにしようとしたものですよ」

彦七は、溜息を吐《つ》いた。

「旦那も、長兵衛は運の悪い女の所為で死んだと思っているのか……」

「ま、世間の専らの噂ですからねえ……」

彦七は眉をひそめた。

「そうか……」

瀬戸物問屋『恵比寿屋』彦七からは、此《これ》と云って気になる話は聞けなかった。

強《し》いて云えば、地道に手堅い商いをしている割りには、金を溜め込んでいるとは思えない事ぐらいだ。だが、どのように金を溜め込むかは、他人の知る処ではない。

梶原は、他に長兵衛を良く知る者がいないか、彦七に尋ねた。


日が暮れた。

仏具屋『秀宝堂』は、大戸を下ろして店を閉めた。

麟太郎は、店の商い用の座敷であれからを過ごした。

あれから言い掛かりを付けたり、覗きに来た者もいなく、麟太郎は何事もない暇な刻を過ごした。

その間、おゆいは一度も奥から店に出て来る事はなかった。

麟太郎は、番頭を相手に徳利《とっくり》が一本付いた晩飯を馳走《ちそう》になり、仏具屋『秀宝堂』を出た。


日本橋室町の通りには、既に行き交う人は少なかった。

麟太郎は、仏具屋『秀宝堂』を出て大きく背伸びをし、夜空を見上げた。

夜空には無数の星が煌めいていた。

麟太郎は、浮世《うきよ》小路《こうじ》から西堀留川《にしほりどめがわ》の傍《そば》を抜けて元浜町の閻魔長屋に帰ろうとした。

その時、仏具屋『秀宝堂』の横手の路地からおゆいが揺れるように現れた。

おゆいさん……。
麟太郎は眉をひそめた。
おゆいは、麟太郎に気が付かずに日本橋に向かった。
何処に行く……。
麟太郎は、不吉な予感を覚えた。
おゆいは、揺れるような足取りで進んでいた。
麟太郎は追った。

日本橋川は外濠と大川を繋《つな》ぎ、緩やかに流れていた。
おゆいは、日本橋川に架かっている日本橋の袂に佇んだ。
おゆいは、眼下の日本橋川の暗い流れを見詰めた。
暗い流れを見詰める顔は、覚悟を決めたかのように強張《こわば》っていた。
まさか……。
麟太郎は、緊張して見守った。
「お嬢さま、お嬢さま……」
年老いた女や若い男の声が聞こえた。

仏具屋『秀宝堂』の者たち……。

麟太郎がそう思った時、おゆいは袂から日本橋の上に駆け上がった。

拙《まず》い……。

麟太郎は追った。

おゆいは、日本橋の欄干《らんかん》によじ登って暗い流れに身を投げようとした。

「待て……」

刹那、麟太郎はおゆいを捉《つか》まえた。

おゆいは、麟太郎を振り払って暗い流れに飛び込もうと抗った。

「死んではならぬ。落ち着け……」

麟太郎は、必死におゆいを欄干から下ろそうとした。

おゆいは、思いも寄らぬ力で麟太郎を振り払おうとした。

麟太郎は、おゆいを必死に押さえた。

「此処だ。みんな……」

麟太郎は、仏具屋『秀宝堂』の者たちに叫んだ。

「お嬢さま……」

婆やと手代たちが気が付いた。

おゆいは全身から力を脱《ぬ》き、その場に崩れ落ちた。

死ぬのを思い止《とど》まった……。

「お、おゆいさん……」

麟太郎は安堵《あんど》した。

「私さえいなければ、私さえいなければ……」

おゆいは、哀しげに顔を歪めた。

「お嬢さま……」

婆やと手代たちが駆け寄って来た。

麟太郎は、おゆいを哀れまずにはいられなかった。

日本橋川は暗く流れ続けた。


おゆいは、婆やと手代たちによって家に連れ戻された。

仏具屋『秀宝堂』主の義平は、麟太郎に深々と頭を下げて礼を述べた。

「いや。礼には及びません。して、おゆいさんは如何しました」

「お陰さまで大分落ち着きました」

「そいつは良かった……」

麟太郎は微笑んだ。

「それにしても、身投げをしようとは……」

義平は、我が娘を思う父親として声を詰まらせた。

瀬戸物屋『近江屋』長兵衛の死は、おゆいを身投げに追い詰めていたのだ。

冗談じゃあない……。

おゆいと夫婦約束をした男たちは、皆揃《そろ》って不運な死を遂《と》げはしたが、おゆいが手を下したり仕向けた訳ではない。

急な病での死、誤っての死、切腹……。

何《いず》れも、おゆいとは拘りのない処で急に死んでいるのだ。

おゆいに一切の責めはない。

だが、おゆいは秘《ひそ》かに己を責めていた。そして、五人目である長兵衛の死は、おゆいが懸命に秘めていたものを露《あら》わにした。

おゆいは、秘めていた責めに苦しみ、日本橋川に身を投げようとしたのだ。

麟太郎は、おゆいの追い詰められた胸の内を推し測った。

「ずっと思い悩んでいたのでしょうね……」

「きっと。それで、お茶やお琴、書や絵、料理や算勘《さんかん》。気を紛らわすようにいろいろやらせたのですが……」

「ほう。算勘迄……」

〝算勘〟とは数の勘定や計算を云い、算盤《そろばん》や帳簿付けなどを称した。

「ええ。算勘は随分《ずいぶん》と面白がっていたのですがねえ……」

義平は、吐息混じりに告げた。

「そうですか……」

「それから、向島《むこうじま》や根岸《ねぎし》の寮で養生もさせたのですが……」

義平は、父親として娘のおゆいに出来るだけの事をしていた。

麟太郎は知った。

義平は、おゆいが身投げを企てたのに激しい衝撃を受けていた。

「麟太郎さま、手前はもうどうしてやったら良いのか……」

義平は、恰幅の良い身体《からだ》を縮めて項垂《うなだ》れた。

麟太郎は、義平に同情しておゆいを救う手立てを探した。

してやれる事は一つ……。

瀬戸物屋『近江屋』長兵衛の死は、後添えになる約束をしたおゆいの所為ではないと証明してやるしかない。

麟太郎は決めた。

「身投げをしようとした……」

梶原八兵衛、辰五郎、亀吉は驚いた。

「ええ……」

麟太郎は、瀬戸物屋『近江屋』長兵衛溺死《できし》の一件がどう始末されたかを聞きに南町奉行所に梶原を訪れた。

梶原は、居合わせた辰五郎や亀吉と共に麟太郎を数寄屋河岸《すきやがし》の蕎麦屋に誘った。

麟太郎は、おゆいが身を投げようとした事を告げた。

梶原、辰五郎、亀吉は眉をひそめた。

「して、長兵衛の死はどのような扱いになりましたか……」

麟太郎は尋ねた。

「うむ。そいつなのだが、瀬戸物問屋を始めとした商売仲間に訊いた限りでは、今の処は揉め事の一つもないんだな」

梶原は報せた。

「近江屋は、奉公人たちの身の振り方が決まる迄、番頭の善蔵さんを中心に暫く商いを続けるそうでしてね。取り立てて気になる事もないんですよ」

辰五郎は、微かな困惑を浮かべた。

「ま、俺の方で強いて気になると云えば、地道に手堅い商いをしている割りには、金を溜め込んでいる様子がないってのが、気になるんだな……」

梶原は告げた。

「じゃあ、近江屋には金が余りなかったのですか……」

麟太郎は尋ねた。

「いや。瀬戸物問屋への支払いもきちんとしていたし、近江屋の商いに差し障りはなく、金がないと云う訳でもないようだ」

梶原は読んだ。

「そうですか……」

「ま、今の処、恨まれて殺されたとか、借金の返済に困って身を投げた気配は、一切浮かばないんだな……」

「ならば、やはり誤って隅田川に落ちたって処ですか……」

「うむ。今のままではな……」

梶原は、厳しい面持ちで頷いた。

「冗談じゃありません。此のままでは長兵衛さんが死んだのは、おゆいさんの所為になっちまいます」

麟太郎は、悔しさを滲ませた。

「麟太郎さん、そうは云っても……」

「亀さん、長兵衛さんは殺されたんだ。殺されたのに決まっているんだ」

麟太郎は苛立《いらだ》った。

「落ち着け……」

梶原は一喝《いっかつ》した。

麟太郎は、吐息を洩らした。

「よし。ならば初手に戻ろう……」

梶原は告げた。

「初手にですか……」

辰五郎は眉をひそめた。

「うむ。瀬戸物屋近江屋長兵衛を殺して一番得をする奴だ……」

梶原は、殺し事件の探索の第一歩を示した。

「長兵衛さんを殺して得をする奴……」

麟太郎は想いを巡らせた。

「長兵衛さんには親兄弟や女房子供もいなく、殺して身代《しんだい》を狙おうって者は……」

辰五郎は首を捻った。

「いませんか……」

「ええ……」

辰五郎は頷いた。

「となると、店を引き継ぐ番頭の善蔵……」

麟太郎は読んだ。

「だが、善蔵は奉公人たちの身の振り方が決まれば、近江屋を畳《たた》むつもりだ。面倒な始末だけで、得になるとは思えないが……」

梶原は眉をひそめた。

「ええ……」

辰五郎は頷いた。

「じゃあ、他に得する奴は……」

麟太郎は尋ねた、

「長兵衛さんに秘かに金を借りている奴ですか……」

辰五郎は読んだ。

「もし、秘かに金を借りている奴がいたとしたなら、そいつかな……」

「きっと……」

「ですが、番頭の善蔵さんはそんな事は云ってはいませんでしたが……」

亀吉は首を捻った。

「亀吉、長兵衛が番頭の善蔵にも内緒で秘かに貸していたかもしれぬ……」

梶原は読んだ。

「そうなると、番頭の善蔵さんも知らない奴ですかね……」

亀吉は読んだ。

「うむ。よし、連雀町の、明日一番に近江屋に行って長兵衛の残した証文のすべてを検めるんだ」

梶原は、命じた。

「俺も行きます」

麟太郎は続いた。

瀬戸物屋『近江屋』は、喪に服していた。

番頭の善蔵は、訪れた梶原、辰五郎、亀吉、麟太郎に戸惑った。

「な、なんでございますか……」

「善蔵、長兵衛が残した証文のすべてを見せて貰おう」

梶原は、善蔵に証文の全部を出すように告げた。

「は、はい……」

善蔵は、店の帳場にある様々な証文を出した。

「善蔵、長兵衛が店とは拘りなく残した証文はあるのか……」

「さあ、店と拘りのない証文なら、旦那さまの部屋にあるのかもしれません」

善蔵は、戸惑いながら奥を示した。

「よし、麟太郎さん、亀吉と一緒に探してみてくれ」

「心得た……」

麟太郎と亀吉は、手代に誘われて母屋の長兵衛の部屋に向かった。

梶原と辰五郎は、店に残された様々な証文を検め始めた。

長兵衛の部屋は薄暗く、主のいなくなった冷ややかさに満ちていた。

麟太郎と亀吉は、押入れや戸棚から様々な証文を探し出して検めた。

証文は何枚もあった。

律儀で手堅い人柄……。

麟太郎は、誰かに聞いた長兵衛の人柄を思い出した。

様々な古証文の中には、金を貸したものは見当たらなかった。

「ありましたか、亀さん……」

「いえ。ありませんねえ、金の借用証文……」

「こっちもです」

麟太郎は、吐息を洩らした。

店の帳場に残された証文にも、金の貸し借りのものは一枚もなかった。

長兵衛を殺し、借金を踏み倒そうとした者は浮かばなかった。

四

肥前守は、座敷の濡縁《ぬれえん》で盆栽の手入れをしていた。

「そうか。殺しや身投げを示すようなものは何も浮かばないか……」

正木平九郎は、探索情況を報せに来た梶原八兵衛に念を押した。

「はい……」

梶原は頷いた。

「御奉行、お聞きの通りですが……」

「うむ。梶原、それで青山麟太郎はどうした」

肥前守は、盆栽の手入れの手を止めた。

「はい。がっくりと肩を落して帰って行きました」

「肩を落してな……」

肥前守は眉をひそめた。

「御奉行、何か……」

「うむ。麟太郎、此のまま大人《おとな》しく引っ込むかと思ってな」

肥前守は苦笑した。

「御奉行、麟太郎さんには下っ引の亀吉を張り付けました」

「そうか……」

梶原は告げた。

「はい」

「梶原、死んだ長兵衛に近親者はいなく、番頭の善蔵が近江屋を始末すると申したな」

「左様にございますが、善蔵が何か……」

「うむ……」

肥前守は、厳しい面持ちで頷いた。

おゆいは、仏具屋『秀宝堂』の母屋の自室に閉じ籠ったままだった。

麟太郎は、店の框に腰掛けて質《たち》の悪い冷やかし客の来るのに備えていた。

二人の遊び人が、おゆいに逢わせろと押し掛けて来た。

「そうか、どうしても逢いたいか……」

麟太郎は念を押した。

「ああ。男殺しの弁天様を拝ませて貰うぜ」

二人の遊び人は、下卑《げび》た笑みを浮かべた。

「よし。ならば一緒に来るが良い……」

麟太郎は、二人の遊び人を誘って店の外に出た。

二人の遊び人は、麟太郎に続いて表に出た。

斜向いの物陰にいた亀吉が眉をひそめた。

麟太郎は、二人の遊び人を振り返りざまに蹴り飛ばし、殴り付けた。

二人の遊び人は、悲鳴をあげて狼狽えた。

麟太郎は容赦《ようしゃ》なく殴り蹴り、二人の遊び人を痛め付けた。

二人の遊び人は、慌てて逃げ出した。

麟太郎は、咄嗟《とっさ》に遊び人の一人を捉まえて腕を捻りあげた。

遊び人は悲鳴をあげた。

麟太郎は、構わず遊び人を横手の路地に引き摺《ず》り込んだ。


「か、勘弁を、勘弁して下さい……」

遊び人は、必死に許しを請うた。

「お前、名前は……」

麟太郎は、遊び人を睨み付けた。

「平助《へいすけ》です……」

遊び人は、嗄《しわが》れ声を引き攣《つ》らせた。

「平助、金が狙いか……」

「へい。常吉《つねきち》の野郎が、仏具屋の秀宝堂で男殺しの弁天様を拝ませろと云えば、金が貰えると……」

遊び人の平助たちは、嫌がらせをして金を貰う魂胆だった。

「常吉って奴の企みか……」

「へい。常吉が知り合いの旦那に取り憑《つ》いた男殺しの弁天様を拝みに来たとごねれば、金になると云い出しまして……」

「知り合いの旦那……」

知り合いの旦那とは、瀬戸物屋『近江屋』長兵衛の事だ。ならば、遊び人の常吉は、長兵衛の知り合いなのだ。

遊び人の常吉……。

死んだ長兵衛と、どのような拘りのある遊び人なのだ。

麟太郎は興味を抱いた。

「その遊び人の常吉、何処にいる」

「へい。神田明神門前町《かんだみようじんもんぜんちよう》の情婦《おんな》の処に……」

「よし。平助、常吉の処に案内しろ」

麟太郎は、遊び人の平助を連れて神田明神門前町に行く事にした。

神田明神は参拝客で賑わっていた。

麟太郎は、遊び人の平助に案内させて常吉の許《もと》に急いだ。

平助は、神田明神門前町の盛り場に進んだ。

麟太郎は続いた。

盛り場に連なる飲み屋は、忙しく開店の仕度《したく》をしていた。

「此処です……」

平助は、腰高障子を閉めた小さな飲み屋を示した。

小さな飲み屋は、開店の仕度をしている様子はなかった。

「此処に遊び人の常吉がいるんだな」

麟太郎は、小さな飲み屋を眺めた。

「へい。此処の女将が情婦《おんな》でして……」

「よし。戸を開けろ……」

麟太郎は、平助に命じた。

「へい……」

平助は、腰高障子を開けた。

腰高障子に心張棒《しんばりぼう》は掛けられていなく、音を鳴らして開いた。

麟太郎は、平助を小さな飲み屋に押し込み、続いて入った。


麟太郎は飲み屋に入り、腰高障子を後ろ手に閉めた。

店の中は、前夜の皿や徳利が片付けられていなく酒の匂いが澱《よど》んでいた。


「誰だ……」

二階から男の声がした。

麟太郎は、平助に目配せをした。

「俺だ、常吉。平助だ……」

平助は、二階に怒鳴った。

「今行く……」

常吉の声がし、階段を降りて来る気配がした。

「平助……」

麟太郎は囁いた。

平助は振り返った。

刹那、麟太郎は平助の鳩尾《みぞおち》に拳《こぶし》を鋭く叩き込んだ。

平助は、眼を剝《む》いて気を失った。
麟太郎は、階段の後ろに隠れた。
女の襦袢《じゅばん》を纏《まと》った若い男が、階段を降りて来た。
常吉……。
麟太郎は身構えた。
階段を降りた常吉は、床に倒れている平助に気が付いて怯んだ。
「常吉だな……」
麟太郎は、階段の前に現れた。
常吉は、外に逃げようと慌てて腰高障子を開けた。
同時に、腰高障子の外にいた亀吉が常吉を店の中に蹴り戻した。
常吉は、店の中に飛ばされて壁に激突した。
飲み屋は激しく揺れ、二階から女の悲鳴が響いた。
常吉は、床に崩れ落ちて気絶した。
「亀さん……」
麟太郎は苦笑した。
「やあ。何ですか、此奴《こいつ》は……」

亀吉は、気絶している常吉を示した。

「お前さん、お前さん……」

寝乱れた姿の女将が二階から駆け降り、金切り声をあげて気絶している常吉に縋《すが》り付いた。

「ちょいと尋ねるが、常吉は瀬戸物屋の近江屋長兵衛さんとどんな拘りなんだ」

麟太郎は、女将に尋ねた。

亀吉が十手《じって》を見せた。

「お父《と》っつあんが近江屋に奉公してんですよ。ねえ、お前さん、しっかりして……」

女将は、常吉を揺り動かした。

常吉の父親は、瀬戸物屋『近江屋』に奉公している……。

「麟太郎さん……」

亀吉は眉をひそめた。

「ええ……」

麟太郎は、厳しい面持ちで頷いた。

神田須田町の瀬戸物屋『近江屋』は、主の長兵衛が死んで以来、大戸を閉めている。

梶原八兵衛は、物陰から瀬戸物屋『近江屋』を見張っていた。

「梶原の旦那……」

辰五郎が駆け寄って来た。

「どうだった……」

「そいつが、番頭の善蔵さんですが、旦那の長兵衛さんとは昔からの知り合いでしてね。近江屋が開店した時から番頭として奉公しているそうですよ」

辰五郎は告げた。

「開店した時からか……」

「はい。で、三河町《みかわちょう》の借家でおかみさんと暮らしています」

「借家だと……」

梶原は、困惑を浮かべた。

「ええ。普通は長年奉公した番頭なら家の一軒ぐらい、旦那に買って貰えるもんなんですがね……」

辰五郎は苦笑した。

「うむ。長兵衛の地道で律儀で手堅い人柄の所為かな」

梶原は読んだ。

「かもしれません」

「で、家族はおかみさんだけなのか……」

「いえ。悴《せがれ》が一人いるのですが、此奴が放蕩《ほうとう》息子って奴でしてね。決まった職にも就かない遊び人と云うか、半端《はんぱ》な博奕《ばくち》打ちで、もう何年も前に家を出たままだそうですよ」

辰五郎は眉をひそめた。

「その悴、名は何て云うのかな……」

「常吉とか……」

「常吉か……」

瀬戸物屋『近江屋』長兵衛の死には、番頭の善蔵と悴の常吉が拘っているのかもしれない。

梶原は睨んだ。

「梶原の旦那……」

辰五郎は、瀬戸物屋『近江屋』を示した。

番頭の善蔵が、小僧に風呂敷包みを担がせて出て来た。

梶原と辰五郎は見守った。

善蔵は、小僧を伴って平永町《ひらながちょう》に向かった。

「連雀町の……」

梶原と辰五郎は、善蔵と小僧を追った。


番頭の善蔵は、小僧を従えて得意先に店を閉める挨拶をして歩いていた。

「近江屋を閉める挨拶廻りか……」

「ええ、奉公人なのに律儀なものですよ」

辰五郎は感心した。

「うむ……」

旦那の長兵衛が律儀で手堅いのなら、番頭の善蔵も同じ人柄なのかもしれない。

善蔵は、小僧に挨拶の粗品を持たせて得意先に店仕舞いの挨拶廻りを続けた。

梶原と辰五郎は尾行廻《つけまわ》した。


陽は西に大きく傾いた。

番頭の善蔵は、玉池稲荷傍《たまいけいなりそば》の武家屋敷に挨拶をした。そして、小僧に須田町の『近江屋』に帰るように命じ、自分は神田鍛冶町《かじちょう》に向かった。

「善蔵さん、近江屋に戻らず、鍛冶町から真っ直ぐ三河町の家に帰るつもりですかね」

辰五郎は読んだ。

「うむ。おそらくな……」

梶原は頷いた。

善蔵は、疲れたような重い足取りで進んだ。

神田鍛冶町の通りを横切り、下駄《げた》新道《しんみち》などを抜けて外濠、鎌倉河岸《かまくらがし》に出た。

夕暮れ時。

陽は沈み、薄暗さに覆われた鎌倉河岸には行き交う人も少なかった。

善蔵の住む借家は三河町一丁目にあり、鎌倉河岸の端にある。

善蔵は、鎌倉河岸に佇んで外濠を見詰めた。

鎌倉河岸には、小さな波がひたひたと打ち寄せていた。

善蔵は鼻水を啜《すす》った。

三河町一丁目に二人の男が現れ、善蔵に向かって来た。

麟太郎と亀吉だった。

善蔵は、麟太郎と亀吉に気が付き、思わず後退《あとずさ》りをして振り返った。

梶原と辰五郎がやって来た。

善蔵は、疲れ果てたようにしゃがみ込んだ。

「善蔵さん……」

麟太郎は、静かに声を掛けた。

「はい……」

「常吉に逢いましたよ」

麟太郎は告げた。

「そうですか……」

善蔵は観念した。

外濠の暗い水面《みなも》に月影が揺れた。

亀吉は、梶原と辰五郎の許《もと》に行き、麟太郎と一緒に摑《つか》んだ事を囁き始めた。

「善蔵さん、去年、常吉に三十両の金を用立てましたね」

麟太郎は尋ねた。

「はい……」

善蔵は、哀しげに頷いた。

「そいつは、常吉が博奕で作った借金。耳を揃えて胴元に返さなければ、簀巻《すまき》にして大川に放り込むと脅《おど》された常吉は、父親の善蔵さんに泣き付いた……」

麟太郎は、常吉を締め上げて吐《は》かせていた。

「私に三十両の大金はありません。私は旦那さまに三十両の借金を申し込みました。ですが旦那さまは、今常吉を助けても必ず又《また》、博奕で借金を作る。だから無駄な真似《まね》だと……」

善蔵は項垂れた。

「金は貸せぬと、断られましたか……」

「はい。でも、旦那さまの仰る通りなのです。常吉は又、同じ事を繰り返すのです」

「そうと分かっていても、たった一人の倅を見殺しには出来ませんでしたか……」

「はい。私はお店の金に手を付けました。私を信じて金の出入りの一切を任せてくれていた旦那さまを裏切ったのです」

善蔵は、嗄れ声を激しく震わせた。

「そして、長兵衛さんは秀宝堂のおゆいさんを後添えに貰う事になった。善蔵さんは慌てた。おゆいさんに算勘の心得があると知って店の金に手を付けたのが露見すると、慌てた。そうですね……」

　麟太郎は読んだ。

「はい。旦那さまが、これからはおゆいさまに店の金の出入りを検めて貰うと仰られ、私は、私は慌てました……」

「おゆいさんに三十両の金を持ち出したのを知られる。善蔵さんはそれを恐れ、何とかしなければと、手立てを思案した。そして、おゆいさんの男運の悪さを知り、それを利用する事にした。そうだね……」

「はい。おゆいさまの噂を使うしかない。そう決め、私はあの夜、旦那さまを、旦那さまを殺しました……」

　善蔵は項垂れ、主である瀬戸物屋『近江屋』長兵衛を殺した事を認めた。

「分かりました。後の詳しい事は、梶原の旦那に話して下さい。私は長兵衛さんの死がおゆいさんに拘りがないと明らかになれば良いのです……」

　麟太郎は、善蔵に云い聞かせた。

「おゆいさまには、御迷惑をお掛け致して申し訳なかったと、お伝え下さい……」

　善蔵は深々と頭を下げた。

「心得た……」

麟太郎は頷いた。

「よし。善蔵、長兵衛殺しの理由と詳しい手立ては、大番屋でゆっくり聞かせて貰おう」

梶原は告げた。

「はい……」

善蔵は頷いた。

「じゃあ、連雀町の……」

梶原は、辰五郎を促した。

「はい……」

辰五郎と亀吉は、善蔵に立ち上がるように促した。

善蔵は、麟太郎に頭を下げ、梶原、辰五郎、亀吉たちに引き立てられて行った。

麟太郎は見送った。

引き立てられて行く善蔵の後ろ姿は、小さく心細げに揺れていた。

鎌倉河岸の夜は静かに更《ふ》けていく。

あの夜、番頭の善蔵は、花川戸町の料理屋『川浜』から主の長兵衛が出て来るのを待った。

運の良い事に、長兵衛は『川浜』から町駕籠に乗らず、夜風に吹かれながら吾妻橋の袂の立場に向かった。

善蔵は、隅田川沿いを立場に向かう長兵衛に忍び寄り、不意を突いて突き飛ばした。

長兵衛は、何が何だか分からぬ内に隅田川に転落した。そして翌日、土左衛門として永代橋の橋脚で発見された。

臨時廻り同心梶原八兵衛は、根岸肥前守と正木平九郎に瀬戸物屋『近江屋』長兵衛を殺したのは番頭の善蔵だったと報せた。

「そうか……」

肥前守は頷いた。

「主殺《しゅごろ》しですか……」

平九郎は眉をひそめた。

「うむ……」

肥前守は、厳しさを滲ませた。

主殺しは、二日晒《さらし》一日引廻《ひきまわ》しの上鋸挽《のこぎりび》きの上磔《はりつけ》の重罪だ。

「梶原……」

「はっ……」

「善蔵、お縄を受けた時、神妙であったか……」

「はい。そして、何事も包み隠さず話し、深く悔んでおります」

「そうか……」

「御奉行……」

「平九郎、父親としての優しさと愚かさが招いた事とは云え、善蔵は死刑を免《まぬか》れぬ。下手人として仕置するのだな」

〝死刑〟には、下手人、死罪、獄門、磔刑《たっけい》、火罪、鋸挽きなどいろいろある。

下手人とは首を斬られる刑であり、死刑の中でも最も軽い仕置だ。

肥前守は、本来なら主殺しで二日晒一日引廻しの上鋸引きの上磔の善蔵だが、死罪としては最も軽い下手人にするように命じた。

「ははっ……」

平九郎と梶原は承《うけたまわ》った。

「儂《わし》にしてやれる事は此ぐらいだ……」

肥前守は、麟太郎の顔を思い浮かべた。

「畏《おそ》れながら、麟太郎さんも喜ぶでしょう」

梶原は告げた。

「麟太郎も喜ぶか……」

「はい。麟太郎さんは、善蔵を哀れんでいました。そして、長兵衛の死に仏具屋秀宝堂のおゆいが拘っていないと、明らかになれば良いのだと……」

「そうか。麟太郎がな……」

肥前守は微笑んだ。

仏具屋『秀宝堂』義平とおゆいは、瀬戸物屋『近江屋』長兵衛殺しの真相を聞いて安堵した。

おゆいの男運の悪さは、長兵衛の死に拘りなかったのだ。だが、おゆいは善蔵が後添えとなる自分を恐れて長兵衛を殺した事に気が付いた。

おゆいは決めた。

髪を下ろして仏門に入り、死んだ男たちの菩提《ぼだい》を弔う事に決めた。

それが良いのかもしれない……。

麟太郎は、戯作者閻魔堂赤鬼としておゆいの一件を絵草紙に書いた。

麟太郎は、書き上げた絵草紙を地本問屋の『蔦屋』に持ち込んだ。

お蔦は、絵草紙を読んで微笑んだ。

「良い出来ね。面白いじゃあない……」

お蔦は、麟太郎の書いた絵草紙を珍しく誉《ほ》めた。

「そいつは良かった……」

麟太郎は、腹の内で大きく安堵した。

絵草紙には、瀬戸物屋『近江屋』長兵衛の死はおゆいに一切拘りなく、辻強盗に殺されたと書いてあった。そして、それはおゆいと夫婦約束をした他の男たちも同じであり、それぞれの理由で死んだとされていた。

閻魔堂赤鬼の書いた絵草紙『大江戸閻魔帳・男殺し娘の濡《ぬ》れ衣《ぎぬ》』は、珍しく売れた。

世間の者たちは、おゆいの悪い噂を棄《す》てて男運の悪さを哀れんだ。

悪い噂の女は、いつしか世間から消え去っていった。

第四話　日《ひ》限《ぎり》尋《たず》ね

一

「隠すと為《ため》にならねえぞ……」

閻魔《えんま》長屋に男の怒声が響き渡った。

「何だ……」

青山麟太郎は、煎餅蒲団《せんべいぶとん》から顔を出して起き上がった。

「知っているならさっさと教えろ……」

男の怒声は続いた。

「煩《うるさ》いなあ……」

麟太郎は、眠い眼を擦《こす》りながら煎餅蒲団を出て戸口に向かった。

閻魔長屋のおかみさんたちは、戸口から顔を出して恐ろしげに奥の家を見詰《みつ》めていた。

　麟太郎は、奥の家を眺《なが》めた。

　二人の人相の悪い男が、奥の家の中を覗《のぞ》き込んで怒声をあげていた。

「どうしたんだい……」

　麟太郎は、隣の家のおかみさんに尋《たず》ねた。

「あっ。麟太郎さん、博奕打《ばくち》ちがおみよちゃんに知り合いの居場所を教えろって、怒《ど》鳴《な》り込んで来たんですよ」

　おかみさんは、恐ろしそうに囁《ささや》いた。

「博奕打ち……」

　麟太郎は眉《まゆ》をひそめ、奥の家に向かった。

　奥の家には、おとしとおみよという母娘が暮らしていた。

「ですから文七《ぶんしち》さんの居場所、私は知らないんです」

　おみよの震えた声がした。

「おみよ、手前《てめえ》、此《これ》以上、惚《とぼ》けると只《ただ》じゃあ済まねえぞ……」

　二人の博奕打ちは、おみよを脅《おど》した。

「只じゃあ済まないだと……」

麟太郎は訊《き》いた。

二人の博奕打ちは、麟太郎に振り返った。

「何だ、手前は……」

二人の博奕打ちは、麟太郎に凄《すご》んだ。

「此《こ》の長屋に住む者だが、朝から騒がしいんでな」

麟太郎は、眠りを妨げられて不機嫌な眼を向けた。

「煩せえ。手前に拘《かか》わりはねえんだ。引っ込んでいろ」

背の高い痩《や》せた博奕打ちが怒鳴った。

「だから騒がしいと云《い》ってんだろう」

麟太郎は、痩せた博奕打ちの頰《ほお》をいきなり張り飛ばした。

背の高い痩せた博奕打ちは、張り飛ばされて井戸端に倒れた。

「こ、此の野郎……」

残る博奕打ちは、慌《あわ》てて匕首《あいくち》を抜いた。

「こんな処《ところ》で刃物を振り廻《まわ》すんじゃあない」

麟太郎は、残る博奕打ちの匕首を握る手を無雑作に捻《ひね》り上げた。

残る博奕打ちは悲鳴をあげた。

麟太郎は、残る博奕打ちから匕首を取り上げて突き飛ばした。

残る博奕打ちは、起き上がった痩せた博奕打ちにぶつかり、縺《もつ》れて倒れた。

「何処《どこ》の博奕打ちだ……」

麟太郎は、縺れ合って倒れた二人の博奕打ちに取り上げた匕首を突き付けた。

二人の博奕打ちは仰《の》け反《ぞ》り、顔を背《そむ》けた。

「云いたくなければ、髷《まげ》を切り落してやる」

麟太郎は、背の高い痩せた博奕打ちの髷を摑《つか》み、匕首の刃を当てた。

「ば、幡随院《ばんずいいん》一家です……」

背の高い痩せた博奕打ちは慌てて告げた。

「幡随院一家だと……」

「ああ。幡随院の清五郎《せいごろう》貸元《かしもと》の処の寅松《とらまつ》……」

背の高い痩せた博奕打ちは、声を震わせた。

「お前は……」

麟太郎は、残る博奕打ちに匕首を向けた。

「せ、清助《せいすけ》です」

「幡随院一家の寅松と清助か……」

麟太郎は冷たく笑った。

「ああ……」

博奕打ちの寅松と清助は頷《うなず》いた。

「よし。誰を捜《さが》しているのか知らないが、おみよちゃんは知らないと云っているんだ。さっさと引き揚げるんだな。もし又《また》、此処《ここ》に来たり、おみよちゃんに妙な真似《まね》をしたら髷処か、素っ首叩《たた》き斬ってやるぜ」

麟太郎は、笑顔で寅松と清助に言い渡した。

「へ、へい……」

寅松と清助は怯《おび》えた。

「ならば、さっさと立ち去れ……」

麟太郎は、匕首を投げた。

匕首は、清助の前に突き刺さった。

寅松と清助は、恐怖に足を縺れさせて逃げ去った。

恐ろしげに見ていたおかみさんたちは、手を叩いて囃《はや》し立てた。

麟太郎は、見送って大欠伸《おおあくび》をした。

「良い態《ざま》だよ……」

「良かったね、おみよちゃん……」

「此で安心だね」

おかみさんたちは、おみよに声を掛けて家に引っ込んだ。

「ありがとうございました。青山さま……」

おみよが麟太郎に深々と頭を下げた。

「いや。怪我はないか、おみよちゃん……」

「はい。お陰さまで……」

「そいつは良かった。して、文七ってのは何をしたんだ……」

「さあ……」

おみよは、困惑を浮かべた。

「じゃあ、何処にいるかも……」

「知りません……」

おみよは、淋しげに俯《うつむ》いた。

「知らないか……」

「はい……」

「そうか。処でおみよちゃん、文七ってのとどう云う拘りなんだい」

「えっ。ちょっとした知り合いです」

おみよは、云い難《にく》そうに俯いた。

恋仲か……。

麟太郎は気付き、微笑《ほほえ》んだ。

「そうか、ちょっとした知り合いか。で、稼業はなんだい……」

「大工です……」

「大工……」

「はい。神田佐久間町《かんださくまちよう》の大工大吉《だいきち》の……」

おみよは、僅《わず》かな誇らしさを過《よ》ぎらせた。

「ほう。佐久間町の大工大吉の大工か。そいつは大したものだな」

神田佐久間町の大工『大吉』は、大棟梁《おおとうりよう》の吉次郎《きちじろう》が率いる江戸でも有数な組であり、そこの大工となると腕は確かなのだ。

「はい……」

おみよは、嬉《うれ》しげに頷いた。

「おみよ……」

家の中から、母親のおとしの呼ぶ声がした。

おとしは、心の臓の病《やまい》で寝たり起きたりの暮らし振りだ。

「は、はい。じゃあ青山さま、本当にありがとうございました」

「うん……」

おみよは、頷く麟太郎を残して家に入った。

「さあて……」

麟太郎は、欠伸をしながら背伸びをし、二度寝をする為に己の家に戻った。

刻《とき》が過ぎ、陽は大きく西に傾いていた。

麟太郎は、長い二度寝から目覚めた。

「さあて、どうする……」

麟太郎は、煎餅蒲団の中で大きく背伸びをした。

手足が、煎餅蒲団から食《は》み出た。

腹が鳴った。

麟太郎は、朝から何も食べていないのを思い出した。

「よし。取り敢えず飯だ」

麟太郎は、煎餅蒲団を出た。

「おう。青山麟太郎さんはいるかい……」

男の声がし、腰高障子《こしだかしょうじ》が叩かれた。

「おう。いるぞ……」

麟太郎は、煎餅蒲団を二つに折って壁際《かべぎわ》に押した。

「邪魔するぜ」

巻羽織《まきばおり》の同心と岡《おか》っ引《ぴき》らしい男が、腰高障子を開けて入って来た。

「やあ。青山麟太郎さんかい……」

同心は、麟太郎を厳しく見据《みす》えた。

「ええ。そうだが……」

麟太郎は、戸惑いを浮かべた。

「俺は北町奉行所定町廻《じょうまちまわ》り同心の堀田竜之介《ほったりゅうのすけ》。こっちは岡っ引の宗吉《そうきち》だ」

今月の月番は北町奉行所だった。

「で、北町の堀田の旦那と宗吉の親分が俺に何用かな」

「下谷《したや》は幡随院一家の清助を知っているな」

「博奕打ちの清助か……」

「ああ……」

「そいつなら、今朝《けさ》、ちょいと懲《こ》らしめてやったが、清助がどうかしたのか……」

「一刻《いっとき》（約二時間）程前、不忍池《しのばずのいけ》の畔《ほとり》の雑木林で仏になって見付かってな」

堀田は告げた。

「清助が仏に……」

麟太郎は驚いた。

「ああ。清助と揉《も》めたそうだが、大番屋で詳《くわ》しい事を聞かせて貰《もら》いたくてね」

堀田は、薄笑いを浮かべた。

「此から直《す》ぐか……」

「ああ……」

「そいつは駄目だ……」

麟太郎は苦笑した。

「青山さん、お上《かみ》の云う事が聞けねえってのかい……」

宗吉は、腹立たしげに麟太郎の腕を摑んだ。

「触るな……」

麟太郎は、宗吉の手を捻り上げた。

宗吉は悲鳴をあげた。

「おのれ、手向かうか……」

堀田は、慌てて十手《じって》を構えた。

「いや。大番屋に行くのは飯を食べてからだ」

麟太郎は笑った。


夕陽は日本橋川《にほんばしがわ》に映えた。

南茅場町《みなみかやばちょう》の大番屋は、日本橋川を背にして建っていた。

麟太郎は、堀田と宗吉に連れられて大番屋に入った。

「あれ。麟太郎さんじゃありませんかい……」

下っ引きの亀吉がいた。

「やあ。亀さん……」

「どうしたんですかい、麟太郎さん……」

亀吉は、怪訝《けげん》な眼を向けた。

「清助って博奕打ちが殺されましてね。それで、ちょいと揉めていた俺が殺《や》ったんじゃあないかってね……」

麟太郎は笑った。

「そんな……」

亀吉は驚いた。

「亀吉、知り合いなのか……」

宗吉は、亀吉に険しい眼を向けた。

「ええ……」

亀吉は頷いた。

「宗吉、取り敢えず牢《ろう》に入れておけ」

堀田は、宗吉に命じた。

「はい……」

「冗談じゃあない。俺は朝、清助を懲らしめて二度寝をして、お前さんたちが来た時に起きた。それ迄《まで》、ずっと眠っていたんだ」

麟太郎は、牢に連れて行こうとする宗吉を制した。

「本当にずっと寝ていたのか……」

堀田は眉をひそめた。

「ああ……」

「寝ていた証《あかし》はあるのか……」

「証って、俺は寝ていたから……」

「じゃあ、証はないんだな」

「まあ、一人暮らしだから……」

「二度寝をした振りをして不忍池に行き、博奕打ちの清助を殺して閻魔長屋に戻り、二度寝の振りの続きをした。そこに俺たちが行った。違うかな」

堀田は、冷たく笑った。

「ああ。違うな。それに、俺が博奕打ちの清助を殺す理由はない……」

麟太郎は告げた。

「じゃあ何故《なにゆえ》、朝、清助と揉めた」

「そいつは清助たちが……」

麟太郎は口籠《くちご》もった。

清助や寅松と揉めた経緯《いきさつ》を詳しく話せば、堀田はおみよや文七を追及する。そうなれば、博奕打ちに追われる文七の脛《すね》の傷が露見するかもしれない。

そして、おみよは泣きをみる……。

それは、麟太郎の本意ではない。

「清助たちがどうしたんだい……」

「う、うん。それは……」

麟太郎は、清助や寅松と揉めた経緯を話すのを迷い、躊躇《ためら》った。

「どうした。答えられないのなら、牢に入って貰おうか……」

堀田は嘲笑《ちょうしょう》した。

麟太郎は追い詰められた。

「堀田さん……」

南町奉行所臨時廻り同心の梶原八兵衛が、岡っ引の連雀町《れんじゃくちょう》の辰五郎、亀吉と詮議《せんぎ》場《ば》に続く戸口から現れた。

おそらく、詮議場で取調べをしていたのだ。

麟太郎は、微《かす》かな安堵《あんど》を過《よ》ぎらせた。

亀吉は、詮議場にいた梶原と辰五郎に報せたのだ。

「こりゃあ梶原さん……」

堀田は、戸惑いを浮かべた。

梶原は、堀田を目顔《めがお》で促して皆から離れた。

「何だ……」

堀田は、警戒心を露《あら》わにした。

「青山麟太郎さんは、時々、お上の御用を手伝ってくれている人でね。うちの御奉行の覚えも目出度《めでた》い……」

「肥前守《ひぜんのかみ》さまの……」

堀田は狼狽《うろた》えた。

「ああ。下手な真似をすれば只《ただ》では済まない」

梶原は眉をひそめた。

「だ、だが……」

堀田は、狼狽えながらも拘《こだわ》った。

「じゃあどうだ。日限尋《ひぎりたず》ねにしちゃあ……」

梶原は勧めた。

「日限尋ね……」

堀田は、戸惑いを浮かべた。

〝日限尋ね〟とは、日限を決めて探索をする事を云う。

「ああ。清助を殺しちゃあいないと云うなら、明後日の暮六《くれむ》つ（午後六時）迄に下手人を見付けて来い。さもなければ、とね……」

日限尋ねにすれば堀田の顔も立つし、麟太郎を大番屋の牢に入れずに済む。

窮余《きゅうよ》の一策だ……。

梶原は、腹の内で呟《つぶや》いた。

「成《な》る程《ほど》、日限尋ねか。ならば、明後日の午《うま》の刻《こく》九つ（正午）迄だ……」

堀田は、その眼に狡猾《こうかつ》さを過ぎらせた。

値切りやがった……。

麟太郎は、腹の内で笑った。

「明後日の午の刻九つ……」

梶原は、困惑を浮かべて麟太郎を窺《うかが》った。

「良いでしょう。明後日の午の刻九つ迄の日限尋ね、受けますよ」

麟太郎は笑みを浮べた。


明後日の午の刻九つ迄に、博奕打ちの清助を殺した者を見付ける……。

麟太郎は、北町奉行所定町廻り同心の堀田竜之介とそう約束して放免された。

日限尋ねか……。

暮六つの鐘が鳴った。

日限尋ねの明後日午の刻九つ迄、明日一日と明後日の半日……。

った。

鱗太郎は、楓川《かえでがわ》に架《か》かっている海賊橋《かいぞくばし》を渡り、日本橋青物町《あおものちょう》の一膳飯屋の暖簾《のれん》を潜《くぐ》った。

一膳飯屋は賑《にぎ》わっていた。

鱗太郎は、浅蜊《あさり》のぶっかけ飯と酒を頼んだ。

梶原が、辰五郎や亀吉とやって来た。

「梶原さん、親分、亀さん、いろいろ迷惑を掛けて申し訳なかった。お陰で大番屋の牢に入らずに済みました」

鱗太郎は頭を下げた。

「いいえ。それより勝手に日限尋ねなど決めて仕舞《しま》ったが、大丈夫かな……」

梶原は笑った。

「ええ。何とかなるでしょう」

鱗太郎は、屈託のない笑みを浮かべた。

若い衆が酒を持って来た。

鱗太郎、梶原、辰五郎、亀吉は酒を飲み始めた。

「さあ、鱗太郎さん、仔細《しさい》を話して貰いましょうか……」

「はい……」

麟太郎は、朝からの出来事を詳しく話した。

「成る程、そいつが博奕打ちの清助との揉め事ですか……」

「ええ……」

「して、これからどうするかな……」

「私は幡随院の清五郎の処に行き、寅松に逢《あ》ってみます」

「寅松が何か知っていますか……」

「きっと……」

「じゃあ、あっしは佐久間町の大工大吉に行き、文七って大工を捜してみましょう」

「うむ……」

「亀吉、お前は麟太郎さんのお供をしな」

「承知……」

「ありがたい。助かります」

麟太郎は酒を飲み、浅蜊のぶっかけ飯を食べた。

一膳飯屋の賑わいは続いた。

二

博奕打ちの貸元清五郎の家は、下谷幡随院の門前町にあった。

麟太郎は、亀吉と貸元清五郎の家を訪れた。

清五郎の家の土間には明かりが灯《とも》され、三下奴《さんしたやっこ》が屯《たむろ》していた。

「邪魔するよ」

「なんだい……」

「寅松はいるかな……」

「お前さん、寅松の兄貴に何の用だい……」

三下奴たちは眉をひそめた。

「ちょいと訊きたい事があるんだ。いるのかいないのか、どっちだ……」

麟太郎は苛立《いらだ》った。

「手前……」

三下奴は、麟太郎と亀吉に凄んだ。

「寅松、いるか。いるなら出て来い……」

麟太郎は、三下奴たちに構わず家の奥に怒鳴った。

「野郎……」

三下奴たちは驚き、麟太郎に掴み掛かった。

麟太郎は、三下奴たちを殴って蹴飛ばした。

三下奴たちは壁に飛ばされ、土間に叩き付けられた。

博奕打ちの寅松が奥から現れ、倒れている三下奴たちと麟太郎を見て血相を変えた。

亀吉は十手を見せた。

寅松は、頬を引き攣《つ》らせて作り笑いを浮かべた。

「何ですかい……」

「寅松、清助の事でちょいと聞かせて貰おうか。面《つら》を貸してくれ……」

麟太郎は、親しげに笑い掛けた。

寅松は怯《ひる》んだ。

「寅松、面を貸してやんな……」

白髪《しらが》頭の小柄な年寄りが奥から出て来た。

「貸元……」

寅松は、戸惑いを浮かべた。

白髪頭の小柄な年寄りは、幡随院の貸元清五郎なのだ。

「清助を殺した野郎が分れば、こっちの手間も省けるってもんだ」

清五郎は、開き直ったように笑った。

「流石《さすが》は清五郎の貸元だ……」

麟太郎は苦笑した。


「して寅松、お前と清助は俺と揉めて閻魔長屋を出てからどうしたんだ」

麟太郎は尋ねた。

「へい。佐久間町の大工大吉に寄って文七がいねえのを見定め、手分けして捜す事にして別れましたぜ」

寅松は告げた。

「別れた……」

「ええ……」

「そうか。処で寅松、大工の文七は何をしたんだ……」

麟太郎は尋ねた。

「えっ……」

寅松は怯んだ。

「文七は何をして、博奕打ちのお前たちに追われているんだ……」

麟太郎は、寅松を厳しく見据《みす》えた。

「賭場《とば》を、賭場を荒しやがったんです」

寅松は、腹立たしげに告げた。

「賭場を荒した……」

大工の文七は、清五郎の賭場を荒して追われていたのだ。

「ええ。それで貸元が見付けて落し前を付けろと……」

「じゃあ、ひょっとしたら清助は、文七を見付けて争いになって……」

亀吉は読んだ。

「逆に殺された……」

麟太郎は、その先を読んだ。

「ええ。違いますかね」

亀吉は頷いた。

「かもしれません。で、寅松、お前たちは清助が殺されたのをどう見ているんだ」

「同じです。文七の野郎が殺《や》ったんだと。それで皆が捜し廻っています」

寅松は、緊張した面持ちで頷いた。

「そうか……」

おみよと恋仲の大工文七は、幡随院の清五郎の賭場を荒して追われていた。そして、清助は捜していた文七と出会《でくわ》し、落し前を付けようとして逆に殺されたのかもしれない。

麟太郎と亀吉は睨《にら》んだ。

神田佐久間町の大工『大吉』の大棟梁の吉次郎は、がっしりした体軀《たいく》をした年寄りだった。

「文七は行く末の楽しみな腕の良い大工ですよ。それなのに博奕になんか手を出しやがって……」

吉次郎は、若い文七の腕の良さを惜しんで悔《くや》しがった。

「で、文七は清五郎の賭場を荒し、逃げ廻っているんですかい……」

辰五郎は尋ねた。

「作業場の隣に長屋がありましてね。文七たち若い大工が暮らしているんだが、ずっと帰って来ちゃあいない……」

吉次郎は腹を立てていた。

「そうですか。じゃあ、文七が何処にいるかは……」

「知る筈《はず》はねえ……」

吉次郎は、短く吐《は》き棄《す》てた。


吉次郎の家の裏手に作業場があり、隣に小さな長屋があった。

辰五郎は、作業場と小さな長屋を窺った。

長屋には明かりが灯され、若い男たちの楽しげな笑い声が洩《も》れていた。

大工『大吉』の若い大工たちだ。

辰五郎は、作業場の材木の陰に二人の男がいるのに気が付いた。

二人の男は派手な半纏《はんてん》を着ており、長屋を見張っていた。

幡随院の清五郎の身内の博奕打ち……。

辰五郎は睨んだ。


燭台《しょくだい》の火は、南町奉行の根岸肥前守と内与力《うちよりき》の正木平九郎を仄《ほの》かに照らしていた。

平九郎は、梶原に報された話を肥前守に告げた。

「麟太郎に博奕打ち殺しの疑い……」

肥前守は眉をひそめた。

「はい。月番の北町奉行所定町廻り同心の堀田竜之介が、麟太郎さんを大番屋の牢に入れようとしたそうです」

「大番屋の牢にか……」

「はい。丁度《ちょうど》、梶原が大番屋に居合わせ、何とか入牢を食い止めようと、麟太郎さんに博奕打ちを殺した奴を明後日の午の刻九つ迄に見付け出すと、約束をさせたそうです」

平九郎は、厳しい面持ちで報せた。

「日限尋ねか……」

「はい。明後日の午の刻九つ迄の日限尋ねです」

「して、麟太郎は何と申しているのだ……」

「何とかなるだろうと、笑っていたそうにございます」

「暢気《のんき》な奴だな……」

肥前守は苦笑した。

「ま、それだけ自信があるのでしょう」

「ならば良いがな。して平九郎、麟太郎は何故、博奕打ち殺しの疑いを掛けられたのだ」

「それなのですが、麟太郎さんの住んでいる閻魔長屋の……」

平九郎は、梶原から聞いた麟太郎と博奕打ちたちの拘《かかわ》りを話し始めた。

肥前守は熱心に聞いた。

燭台の火は小刻みに揺れ始めた。


夜は更《ふ》けた。

今の処、博奕打ちの清助を殺したと思われる者は、大工の文七だけだった。

麟太郎は、亀吉と別れて閻魔長屋に戻った。

閻魔長屋の家々は、既《すで》に明かりを消して眠りについていた。

麟太郎は、木戸の近くにある己《おのれ》の家の腰高障子を開けた。

灯された行燈《あんどん》の火は、狭い家の中を照らした。

麟太郎は、狭い家の中を見廻した。

不審な処はない……。

麟太郎は見定めた。

腰高障子が小さく叩かれた。

「誰だ……」

麟太郎は、腰高障子を見詰めた。

「おみよです……」

おみよの緊張した声がした。

「おみよちゃん……」

麟太郎は、腰高障子を開けた。

腰高障子の外には、おみよが緊張した面持ちでいた。

「おお、どうした……」

「すみません。遅くに……」

おみよは詫《わ》びた。

「いや。外では何だ。良かったら入りなさい」

「はい。じゃあ……」

おみよは、遠慮がちに家に入って戸口の上がり框《かまち》に腰掛けた。

「今朝は大変だったな。で、どうした」

麟太郎は、おみよの緊張を解くように笑い掛けた。

「今朝は本当にありがとうございました……」

おみよは、深々と頭を下げた。

「いや。気にするな……」

「それで青山さま、お願いがあるんですが……」

おみよは、麟太郎に縋《すが》るような眼を向けた。

「お願い……」

麟太郎は眉をひそめた。

「はい。青山さま、文七さんを捜して戴《いただ》けませんか……」

おみよは、麟太郎を見詰めた。

「文七を……」

文七は、頼まれなくても捜す。我が身の潔白を示す為にも捜さなければならないのだ。

「はい。博奕打ちたちは文七さんが賭場を荒したと云っていますが、本当は違うんです」

「違う……」

「はい。文七さんがそう云っていました」

「おみよちゃん、文七が何処にいるのか知っているのか……」

「いいえ。知りません……」

「じゃあ……」

「文七さん、隠れる前に菱屋《ひしや》に来たんです」

「菱屋に……」

米問屋『菱屋』は西堀留川《にしほりどめがわ》沿いの小舟町《こぶなちよう》一丁目にあり、おみよは通い奉公の女中をしていた。

「はい。そして、俺は賭場を荒しちゃあいない。騙《だま》されたんだと云っていました」

「騙された……」

「はい……」

「誰に騙されたかは云わなかったか……」

「はい。そこ迄は。そして、文七さんは逃げて行きました……」

「そうか。ならばおみよちゃん、文七が隠れている処に心当たりはないかな……」

「心当たり……」

「うむ……」

「ありません……」

おみよは項垂《うなだ》れた。

「じゃあ、おみよちゃん、文七とはいつも何処で逢《あ》っていたのかな」

「玉池稲荷《たまいけいなり》です……」

「玉池稲荷か……」

おみよと文七の逢引きの場所である玉池稲荷は、日本橋小舟町や元浜町《もとはまちょう》と神田佐久間町との間にある。

「はい……」

おみよは、哀しそうに頷いた。

「よし。とにかく捜してみる」

麟太郎は約束した。

「お願いします」

おみよは、麟太郎に深々と頭を下げて家に帰って行った。

麟太郎は、おみよが家に入る迄を見届けた。

文七は、おみよに騙されたと云った。

それが本当なら、文七は誰にどう騙されたのか……。

何《いず》れにしろ、文七を捜し出して訊くしかないのだ。

麟太郎は、夜が明けたら玉池稲荷に行ってみる事にした。

それにしても、もし文七が博奕打ちの清助を殺していたら……。

麟太郎は無実を明らかに出来ても、おみよを泣かす事になる。

その時はどうする……。

麟太郎は、面倒な立場に追い込まれた自分に気付いた。

だが、やるべき事をやって真相を突き止めなければならない。

子《ね》の刻《こく》九つ（午前零時）を報せる寺の鐘が聞こえた。

日が変わり、日限尋ねは今日一日と明日の午の刻九つ迄になった。

麟太郎は、二つ折りにしていた煎餅蒲団を敷いた。そして、行燈の火を消して煎餅蒲団に潜り込んだ。

閻魔長屋は静けさに覆《おお》われていた。

玉池稲荷は朝靄《あさもや》に包まれていた。

麟太郎は、神田松枝町《まつがえちょう》の隣にある玉池稲荷を訪れた。

玉池稲荷の赤い幟旗《のぼりばた》は朝露に濡れて垂れ下がり、境内《けいだい》に人の気配はなかった。

麟太郎は、稲荷堂を窺《うかが》った。

稲荷堂の中や縁の下には、文七は云うに及ばず人が潜んでいる気配も痕跡もなかった。

文七はいない……。

麟太郎は見定めた。

よし、次は文七を追っていた清助が殺された不忍池だ……。

麟太郎は、夜明けの町を不忍池に向かった。

夜明けの町には、早出の職人や人足などが行き交い始めていた。


不忍池には朝陽が映え、小鳥の囀《さえず》りが響いていた。

麟太郎は、不忍池の畔を進んだ。

雨戸を閉めた古い茶店があり、亀吉が佇《たたず》んでいた。

「やあ、亀さん……」

麟太郎と亀吉は朝の挨拶《あいさつ》を交わし、博奕打ちの清助が殺されていた雑木林に向かった。

朝陽は雑木林に斜めに差し込んでいた。

亀吉と麟太郎は、夜露に濡れた枯葉を踏んで雑木林の奥に進んだ。

「此処ですね……」

亀吉は、大きな木の根元を指差した。

「清助、此処で見つかった時には既に死んでいたのですね」

麟太郎は、枯葉が幾重にも重なっている大きな木の根元を検《あらた》めた。

大きな木の根元には争った痕跡があり、飛び散った血がどす黒く色を変えていた。

「ええ。腹を何ヵ所も突き刺されていたそうです……」

「腹を何ヵ所も……」

麟太郎は眉をひそめた。

「どうかしましたかい……」

「ええ。腹は正面から刺されます。そいつが何ヵ所ともなると。清助は逃げなかったのですかね」

「逃げれば後ろからも刺されますか……」

亀吉は読んだ。

「ええ。それなのに腹だけを何ヵ所もとなると、相手に対する警戒心はなく、気を許していたのかもしれません」

「って事は……」

亀吉は眉をひそめた。

「少なくとも、賭場荒しとして追っていた大工の文七の仕業じゃあない……」

麟太郎は読んだ。

「ええ。文七だったら清助も油断はしないでしょうね」

亀吉は頷いた。

「となると、殺したのは清助が気を許している顔見知りって奴ですか……」

麟太郎は睨んだ。

雑木林に差し込む斜光は強くなった。


連雀町の辰五郎は、日本橋小舟町にある米問屋『菱屋』を窺った。

大工の文七が、通い奉公の女中をしているおみよに逢いに現れるかもしれない。

米問屋『菱屋』の横手には米蔵があり、井戸のある裏庭に続いている。

辰五郎は、人足たちが米俵の出し入れをしている米蔵の陰から米問屋『菱屋』の裏庭を窺った。

裏庭の井戸端では、住込みの女中や下男たちが台所仕事などに忙しく働いていた。

もし、大工の文七がおみよに秘《ひそ》かに逢いに来るとすれば、店の表より裏手なのだ。

辰五郎は睨み、米問屋『菱屋』の裏手を見張った。しかし、文七が現れる気配は窺えなかった。

よし……。

辰五郎は、おみよがいつも通り米問屋『菱屋』に来るかどうか見定める為、閻魔長屋に向かった。

三

下谷幡随院門前町にある貸元清五郎の家には、博奕打ちや三下たちが忙しく出入りしていた。

麟太郎と亀吉は、物陰から見守った。

出入りする博奕打ちと三下の中には、寅松の姿は見えなかった。

「寅松は出掛けているようですね……」

麟太郎は眉をひそめた。

「ええ。どうします」

亀吉は、麟太郎の出方を窺った。

「三下の一人を押さえ、大工の文七がどんな賭場荒しをしたのか訊いてみます」

「分かりました……」

麟太郎と亀吉は、博奕打ちの貸元清五郎の家を見張った。

僅《わず》かな刻が過ぎた。

若い三下が、清五郎の家から出て来て下谷広小路に続く山下に向かった。

「麟太郎さん……」

「ええ……」

麟太郎と亀吉は、山下に向かう三下を追った。


幡随院門前町から山下に続く道の左右には、武家屋敷と寺が連なっている。

三下は何処に行くのか、通る者の少ない道を軽い足取りで進んだ。

麟太郎は、小走りに三下を追い抜いて振り返った。

三下は、怪訝《けげん》に足を止めた。

「ちょいと面を貸して貰おうか……」

麟太郎は、三下に笑い掛けた。

三下は、麟太郎が昨夜訪れた浪人だと気が付き、後退《あとずさ》りをした。

亀吉が背後から来た。

三下は立ち竦《すく》んだ。

麟太郎と亀吉は、三下を近くの寺の土塀《どべい》の裏に連れ込んだ。

「な、何ですかい……」

三下は戸惑い、微かに震えた。

「お前、名前は……」

亀吉は、十手を突き付けた。

「さ、才次《さいじ》です……」

「じゃあ才次、大工の文七の賭場荒しを、詳しく教えて貰おうか……」

「へ、へい。文七は賭場荒しと云うより、寅松の兄貴に何か文句を云いに賭場に来て揉め、開帳していた賭場を騒がせたんです」

才次は、嗄《しわが》れ声で話し始めた。

所詮《しょせん》は博奕打ち、我が身の安泰が一番だ。

「それで賭場荒しか……」

「はい。客たちが慌てて逃げましてね。それで、貸元が怒って……」

「文七が寅松に云いに来た文句ってのは何だ」

「さあ。良く分りませんが、文七は騙されたと怒っていました」

「騙されたと怒っていた……」

麟太郎は眉をひそめた。

文七は、騙されたとおみよに洩らしていた。

麟太郎は思い出し、文七が博奕打ちの寅松に騙されたのだと知った。

「して、文七は寅松に何を騙されたのだ」

麟太郎は尋ねた。

「さあ。そこ迄は……」

才次は、満面に困惑を浮かべて知らないと首を横に振った。

「手前、惚《とぼ》けると罪科《つみとが》をいろいろ擦《なす》り付けて小伝馬町《こでんまちょう》の牢屋敷に叩き込んでやるぜ」

亀吉は脅した。

「そんな。あっしは知らないんです。寅松の兄貴が文七を騙した事なんか、何も知らないんです。本当です」

才次は、恐怖に涙声を震わせた。

「亀さん……」

麟太郎は苦笑した。

「ええ。どうやら此処迄のようですね」

亀吉は見極めた。

文七が、寅松に騙された事が何かは分らなかった。

「じゃあ今、寅松は何処にいる……」

麟太郎は尋ねた。

「寅松の兄貴は、日暮れ前には入谷《いりや》の賭場に行くと云って、朝早く出掛けました」

「入谷の賭場ってのは何処だ」

亀吉は訊いた。

「鬼子母神《きしもじん》の近くの宗久寺《そうきゆうじ》です」

「宗久寺だな……」

亀吉は念を押した。

「へい……」

才次は頷いた。

「処で、寅松は殺された清助と仲が良かったのか……」

麟太郎は訊いた。

「ま、表向きは……」

「って事は、裏では違うか……」

「へい。お互いに悪口を云っていました」

「所詮は博奕打ちだな……」

亀吉は、蔑《さげす》んだように笑った。

「して、寅松が何処に出掛けたか、分らないかな……」

「ひょっとしたら、妻恋町《つまごいちょう》の情婦《おんな》の処かもしれません……」

才次は既に観念し、知っている事を何もかも話した。

「妻恋町の情婦……」

麟太郎は眉をひそめた。


閻魔長屋は、亭主たちも仕事に出掛けて静けさを迎えていた。

もう直ぐ、洗濯の時になって井戸端はおかみさんたちで賑わう。

束の間の静けさだ……。
辰五郎は、木戸の陰から閻魔長屋を見守った。
やがて、奥の家から若い女が出て来た。
おみよ……。
辰五郎は見定めた。
おみよは、小さな風呂敷包みを抱えて足早に人形町《にんぎょうちょう》の通りに向かった。
奉公先の米問屋『菱屋』に行くのだ。
辰五郎は読み、文七や博奕打ちが現れるのを警戒しておみよを追った。
閻魔長屋のある元浜町と米問屋『菱屋』のある小舟町は近い。
おみよは、足早に進んだ。
辰五郎は追った。
何処で文七が現れるか、寅松たち博奕打ちが現れるか……。
辰五郎は、おみよの周囲を窺いながら追った。
田所町《たどころちょう》、新材木町、東堀留川を過ぎると堀江町《ほりえちょう》から小舟町になる。
おみよは、米問屋『菱屋』に着いて裏手に入って行った。

何事もなく無事に着いた……。

辰五郎は見届け、米問屋『菱屋』の周囲を見廻った。

米問屋『菱屋』の周囲には、文七や博奕打ちは潜んでいなかった。

辰五郎は見定め、おみよの見張りを始めた。


午の刻九つ（正午）が近付いた。

日限尋ねは後ちょうど一日……。

麟太郎と亀吉は、湯島《ゆしま》の妻恋町に急いだ。

湯島の妻恋町は、明神下《みょうじんした》の通りから妻恋坂をあがった突き当たりにあった。

麟太郎は、亀吉と妻恋町の木戸番を訪れた。

「やあ。亀吉っつあん、久し振りだな……」

老木戸番は、亀吉を親しげに迎えた。

「父《と》っつあん、変わりはないかい……」

「ああ、見ての通りだよ。で、なんだい……」

「妻恋町におひさって芸者あがりの三味線《しゃみせん》の師匠がいると聞いたんだが、知っているかな」

亀吉は尋ねた。

芸者あがりの三味線の師匠おひさは、博奕打ちの寅松の情婦だった。

「ああ。そのおひさなら知っているよ」

老木戸番は、眼尻の皺《しわ》を深くして頷いた。

「そいつは良かった。で、家は何処かな」

「此の先の裏通りの煙草屋《たばこや》の隣だ」

「裏通りの煙草屋の隣だね」

亀吉は念を押した。

「ああ。人相の悪い虫が付いているから気を付けな」

老木戸番は笑った。

「父っつあん、人相の悪い虫ってのは、背の高い痩せた奴かな……」

麟太郎は尋ねた。

「ああ……」

老木戸番は頷いた。

博奕打ちの寅松に違いない……。

麟太郎は見極めた。

行商人の売り声は、裏通りに長閑《のどか》に響いていた。

裏通りには小さな煙草屋があり、隣には格子戸《こうしど》の家があった。

格子戸の家には、『三味線教授致します』と書かれた看板が掛けられており、三味線の爪弾《つまび》きが洩《も》れていた。

「おひさの家ですね……」

麟太郎は、斜向《はすむか》いの物陰から眺めた。

「ええ……」

亀吉は頷いた。

「寅松、来ているんですかね……」

「さあて……」

亀吉は、辺りを見廻した。

おひさの家の隣の小さな煙草屋では、老婆が店番をしていた。

「煙草屋の婆さんに、ちょいと探りを入れてみますか……」

亀吉は、小さな煙草屋に近付いた。

「婆さん、国分《こくぶ》を一袋くれ……」

亀吉は、小さな煙草屋の店番をしている老婆に告げた。

「はいよ……」

老婆は、国分の袋を亀吉に渡した。

「婆さん、釣りはいいよ」

亀吉は、煙草代を多めに払った。

「そうかい。すまないねえ……」

老婆は笑った。

「縁台、使わせて貰うよ」

「ああ、どうぞ、どうぞ……」

亀吉は、煙草屋の店先に置かれた縁台に腰掛け、煙草を吸い始めた。

おひさの家から三味線の音が聞こえた。

「へえ、三味線のお師匠さんか……」

亀吉は、隣の家を窺った。

「ああ。おひさって芸者あがりだよ……」

老婆は告げた。

「そのおひささん、良い女かい……」

「まあね。若い頃の私程じゃあないがね。だけど、下手《へた》にちょっかいは出さない方が良いよ……」

老婆は、意味ありげな笑みを浮かべた。

「へえ。毒虫でも付いているのかい……」

亀吉は、煙管《きせる》を燻《くゆ》らせた。

「ああ。下手にちょっかいを出したら、人の女に何しやがると、嚙《か》み付かれて強請集《ゆすりたか》りの金蔓《かねづる》にされちまうよ」

老婆は笑った。

「へえ。凄い毒虫のようだが、そいつは背の高い痩せた奴かな……」

「ああ……」

「毒虫、今日は来ているのかな」

亀吉は、三味線の音色の洩れているおひさの家を窺った。

「ああ。今朝、うちで国分を買って入っていったままだよ」

「そうか、毒虫は来ているか……」

博奕打ちの寅松は、三味線の師匠のおひさの家にいる……。

亀吉は見定めた。

「じゃあ婆さん、邪魔したね」

亀吉は婆さんに声を掛け、斜向いの路地にいる麟太郎の許に戻った。

「そうですか、寅松、来ていますか……」

麟太郎は、おひさの家を眺めた。

「ええ。それで寅松の野郎、おひさを使って美人局《つつもたせ》の真似事をしているようですぜ」

亀吉は、腹立たしげに告げた。

「美人局……」

麟太郎は眉をひそめた。

「ええ。きっと、おひさが三味線を習いに来たお店《たな》の旦那や隠居を誘ってその気にさせて、寅松の出番って奴ですよ」

亀吉は吐き棄てた。

「本当に質《たち》の悪い奴だ……」

「ま、堅気《かたぎ》の大工の文七を騙すなんぞは、赤子の手を捻るようなもんでしょうね」

「おのれ。捕まえて何もかも吐かせてやる」

麟太郎は熱《いき》り立った。

「文七を騙した事ですか……」

「そいつは勿論《もちろん》ですが、誰がどうして清助を殺したかもです」

「麟太郎さん……」

亀吉は、戸惑いを浮かべた。

「亀さん、おそらく寅松は、清助を殺した奴やその訳を知っています」

麟太郎は睨んだ。

不意に三味線の音が高鳴り、途切れた。

麟太郎と亀吉は、おひさの家を見据えた。

おひさの家は静まり返っていた。

麟太郎は、悪い予感を覚えた。

「亀さん……」

麟太郎は、おひさの家に向かって走った。

亀吉は続いた。

麟太郎は、おひさの家の格子戸を開けた。

格子戸は軽い音を鳴らして開いた。

血の臭《にお》いがした。

「亀さん……」

「血の臭い……」

亀吉は眉をひそめた。

麟太郎と亀吉は、家に上がって血の臭いのする居間に走った。

居間には、粋な形《なり》をした年増が三味線を握り締め、血を流して倒れていた。

「おひさ……」

亀吉は、おひさを抱き起こした。

おひさは、微かに呻《うめ》いた。

台所で物音がした。

麟太郎は、おひさを亀吉に任せて台所に走った。

台所の板戸が開いていた。

麟太郎は台所の板戸を走り出た。

小さな裏庭は路地に続き、走り去って行く男が僅《わず》かに見えた。
男は、背が高くて痩せていた。
寅松……。
麟太郎は、逃げる男を寅松と見定めて追った。
寅松は、狭い路地を巧みに駆け抜けた。
麟太郎は追った。

寅松は、路地から裏通りに走り出た。
麟太郎は追って来る。
野郎……。
寅松は、裏通りを逃げた。
麟太郎は、路地から飛び出して来て裏通りを見廻した。
人の行き交う裏通りには、寅松の姿は何処にも見えなかった。
逃げられた……。
「おのれ……」

麟太郎は、未練げに尚《なお》も裏通りを窺った。

おひさは、意識を失ったまま微かな息を洩らしていた。

駆け付けた町医者は、おひさの刺された胸の傷の手当てをした。

亀吉は、手水《ちょうず》を持って来て心配げに見守った。

町医者は、大きな吐息を洩らして手当てを終えた。

「どうですか……」

亀吉は眉をひそめた。

「うむ。幸いにも急所は外れていた。命は助かるだろう」

町医者は手水を使った。

「そうですかい。ありがとうございました」

亀吉は安堵し、町医者に頭を下げた。

町医者は、薬を置いて帰って行った。

亀吉は見送り、おひさの枕元に座った。

良かった……。

亀吉は、意識を失っているおひさの顔を窺った。

おひさは、青ざめた細面《ほそおもて》の顔に乱れた髪を張り付けていた。

何故、寅松はおひさを刺したのだ……。

亀吉は、想いを巡らせた。

「亀さん……」

麟太郎が戻って来た。

「どうでした……」

「寅松に逃げられました」

麟太郎は、悔しげに告げた。

「おひさを刺したのは、やっぱり寅松でしたか……」

「ええ。して、おひさは……」

麟太郎は、寝ているおひさを見詰めた。

「命は助かるそうです」

「そいつは良かった」

麟太郎は、安堵の笑みを浮べた。

おひさは眠り続けた。

未《ひつじ》の刻《こく》八つ（午後二時）を告げる寺の鐘が鳴り響いた。

四

暮六つが近付き、入谷は夕陽に照らされた。

日限尋ねの刻限は、明日の昼だ。

麟太郎と亀吉は、駆け付けた辰五郎におひさを任せ、幡随院の清五郎の賭場のある入谷の宗久寺にやって来た。

寅松が現れるかもしれない……。

宗久寺は古く、手入れも満足にされておらず、境内は荒れていた。

宗久寺の住職は酒浸《さけびた》りで檀家も離れ、幡随院の清五郎に家作を貸して寺銭を貰って暮らしていた。

幡随院の清五郎は、借りた家作を賭場にしていた。

麟太郎と亀吉は、宗久寺の裏庭にある家作に近い裏門に来た。

裏門では、幡随院一家の才次たち三下が客を迎え、賭場に案内していた。

麟太郎と亀吉は、物陰に潜んで来る者を見守った。

寅松は、既に賭場に来ているのかもしれない……。

「確かめて来ますぜ……」

亀吉は、才次が一人になった隙《すき》を狙って忍び寄った。

「才次……」

亀吉は囁いた。

「あ、兄《あに》い……」

才次は驚いた。

「寅松は来ているのか……」

「えっ。いいえ、未《ま》だ……」

才次は、首を横に振った。

「来ていないか……」

亀吉は念を押した。

「へい……」

「よし……」

亀吉は、裏門を離れて麟太郎の許に戻った。

「寅松は未だ来ちゃあいませんぜ……」

亀吉は、麟太郎に報せた。

「そうですか……」

麟太郎と亀吉は、寅松が来るのを待った。

寅松は、四半刻《しはんとき》（約三十分）が過ぎても現れなかった。

麟太郎と亀吉は、物陰に潜んで辛抱強く待った。

麟太郎は、離れた暗がりに佇んでいる男がいるのに気付いた。

「亀さん……」

麟太郎は、暗がりに佇んでいる男を示した。

「ええ。さっきからいますが、賭場の客じゃあないようですね」

亀吉は眉をひそめた。

「ええ……」

麟太郎は、暗がりに佇んでいる男を窺った。

「若い野郎で、職人風ですか……」

亀吉は、暗がりに佇んでいる男を読んだ。

若い、職人風の男……。

「亀さん、大工の文七かもしれません」

麟太郎は気付いた。

「文七……」

亀吉は緊張した。

「ええ。文七だったら寅松に用があって現れたのかも……」

「でしたら、寅松が来たらどうするか、見届けますか……」

亀吉は、麟太郎の出方を窺った。

「そいつが良いかもしれませんね」

麟太郎は頷いた。

刻が過ぎた。

背の高い痩せた男がやって来た。

「麟太郎さん……」

「寅松です……」

麟太郎と亀吉は、文七らしい男と寅松を見守った。

文七らしい男は、やって来る寅松に気が付き暗がりで身構えた。

寅松は、油断なく辺りの暗がりを窺いながらやって来た。

刹那、文七らしい男が匕首を煌《きら》めかせて寅松に突き掛かった。

寅松は、咄嗟《とっさ》に躱《かわ》した。

「寅松、返せ。俺の金を返せ……」

文七らしい男は、声と匕首を震わせた。

「文七、たった十両の金がいつ迄もあると思っているのか……」

寅松は、侮《あなど》りと嘲《あざけ》りを浮かべた。

文七らしい男は、やはり大工の文七だった。

「寅松……」

文七は、再び寅松に突き掛かった。

寅松は、躱しながら匕首を一閃《いっせん》した。

文七は、脇腹を斬られて前のめりに倒れた。

麟太郎と亀吉は、物陰を飛び出した。

「文七……」

寅松は、倒れた文七に止《とど》めを刺そうと匕首を構えた。

麟太郎と亀吉が駆け寄って来た。

寅松は気が付き、逃げた。

亀吉が追った。

麟太郎は、立ち上がろうとしている文七に駆け寄った。

「文七……」

麟太郎は呼び掛けた。

文七は、顔を歪《ゆが》めて必死に立ち上がり匕首を構えた。

「俺は青山麟太郎、閻魔長屋に住む者だ。おみよちゃんに頼まれてお前を捜しに来た」

麟太郎は告げた。

「おみよちゃん……」

文七は眉をひそめた。

「ああ。おみよちゃんだ。文七、寅松に騙されたそうだが、仔細を話してみろ」

麟太郎は、文七に躙《にじ》り寄った。

文七は、匕首を落して血の滲《にじ》んだ脇腹を押さえて膝《ひざ》をついた。

「しっかりしろ、文七……」

麟太郎は、文七を抱き起こした。

「閻魔長屋の戯作者《げさくしゃ》の先生かい……」

文七は、麟太郎を知っていた。

「ああ。閻魔堂赤鬼《あかおに》だ……」

麟太郎は苦笑した。

寅松は、入谷から下谷広小路に向かっていた。

亀吉は、戸惑いを浮かべた。

幡随院の門前町に行くなら下谷広小路に行く道を東に曲がらなければならない。しかし、寅松は幡随院門前町の貸元清五郎の家に寄らず、下谷広小路に行くつもりだ。

何処に行くのだ……。

亀吉は、緊張した面持ちで尾行《つけ》た。


麟太郎は、文七を町医者の許に担ぎ込んだ。

文七の脇腹の傷は浅かった。

麟太郎は、医者の手当てを受けた文七に問い質《ただ》した。

「文七、お前、寅松に騙されたそうだが、仔細を話してくれ」

「はい。あっしはおみよと所帯を持ち、病のおっ母《か》さんに楽をさせたくて、家を借りようと思いました。それで、探していたら寅松が妻恋町に良い借家があり、取り敢えず手付け金を払えば、借りられるかもしれないと……」

「妻恋町の家ってのは、煙草屋の隣か……」

「はい。御存知ですか……」

「ああ。ちょいとな。で、寅松に手付けの金を渡したのか……」

「はい。寅松に云われるままに二両、三両、五両と……」

「都合十両の手付け金か……」

「はい。ですが、寅松は何もせずに惚《とぼ》けるだけで……」

「それで、賭場で寅松に騙したな、金を返せと迫ったか……」

「はい。そうしたら寅松の野郎、賭場荒しだと騒いで……」

文七は、悔しげに告げた。

「それで幡随院一家の博奕打ち共に追われるようになり、逃げ廻っていたか……」

麟太郎は読んだ。

「はい……」

文七は、悔しげに頷いた。

「処で文七、清助って博奕打ちを知っているな……」

「はい。清助がどうかしましたか……」

文七は、戸惑ったように麟太郎を見詰めた。

「不忍池の畔の雑木林で殺されたよ」

麟太郎は、文七を見据えて告げた。

「ええっ……」

文七は、眼を瞠《みは》って驚いた。

「知らなかったか……」

「は、はい。清助、誰にどうして殺されたんですか……」

文七は、強張《こわば》った顔で麟太郎を見詰めた。

「そいつが未だ分らない……」

「そうですか……」

文七は、不安を滲ませた。

嘘偽りはない……。

麟太郎は、文七が清助が殺された事を本当に知らなかったと睨んだ。

「ならば文七、清助を殺した奴に心当たりはないかな……」

「心当たりですか……」

「うん……」

「ありませんが、いつだったか清助、あっしを馬鹿にしたように笑って。それであっしは寅松に騙されたと気が付いたんです」

文七は告げた。

「そうか、良く分った。おみよちゃんも心配している。此《これ》以上、逃げ廻るな」

「閻魔堂の先生……」

文七は、麟太郎に縋《すが》る眼差《まなざ》しを向けた。

「決して悪いようにはしない……」

麟太郎は笑った。


湯島天神裏切通《きりどおしちよう》町の外れには、盛り場の賑わいが響いて来ていた。

博奕打ちの寅松は、下谷広小路から湯島天神裏に抜け、切通町の外れにある雨戸を閉めた店に入って行った。

亀吉は見届けた。

どう云う店だ……。

亀吉は、雨戸を閉めた店を見廻した。

男の話し声が近付いて来た。

亀吉は、物陰に隠れた。

やって来た二人の浪人は、馬鹿話をしながら雨戸を閉めた店に入って行った。

亀吉は見送った。

拍子木を甲高《かんだか》く打ち鳴らし、夜廻りの木戸番がやって来た。

亀吉は木戸番に駆け寄り、雨戸を閉めた店について尋ねた。

「ああ、あそこは潰《つぶ》れた荒物屋で、空き家だったんですが、いつの間にか食詰め浪人共が居着いちまったんですよ」

木戸番は、潰れた荒物屋を見据えて腹立たしげに告げた。

「食詰め浪人ですかい……」

亀吉は眉をひそめた。

「ええ。五、六人はいますよ」

「五、六人か……」

逃げ込みやがった……。

だが、食詰め浪人が五、六人か、それ以上いるかも知れない限り、下手な真似は出来ない。

亀吉は、潰れた荒物屋を見据えた。

東叡山寛永寺《とうえいざんかんえいじ》の鐘が、子の刻九つ（午前零時）を鳴らし始めた。

日は変わり、日限尋ねは今日の昼、午の刻九つ（正午）迄となった。

麟太郎は、文七を安全な場所に移して妻恋町のおひさの家に急いだ。

おひさは、意識を失ったままだった。

「いろいろ造作を掛けます。親分……」

麟太郎は、おひさの家に詰めていた連雀町の辰五郎に礼を述べた。

「いいえ。おひさの息は随分《ずいぶん》と落ち着いて来ましたよ。そろそろ気を取り戻すでしょう」

辰五郎は告げた。

「そうですか……」

麟太郎はおひさを窺った。

おひさは、穏やかな顔をしていた。

「で、そっちはどうですか……」

「はい。入谷の賭場の傍《そば》で大工の文七が寅松を襲い、逆に手傷を負いましてね。私は文七を町医者に連れて行き、亀さんが寅松を追いました」

麟太郎は告げた。

「そうですかい……」

辰五郎は頷いた。

格子戸が叩かれた。

「誰か来たようです」

麟太郎は、気軽に格子戸に向かった。

湯島天神裏切通町の木戸番は、亀吉の言付けを持って来た。

寅松は、湯島天神裏切通町の潰れた荒物屋に逃げ込んだ……。

それが、亀吉の言付けだった。

「潰れた荒物屋か……」

「ええ。食詰め浪人が五、六人居着いていましてね。多い時には十人位いますよ」

木戸番は、腹立たしげに告げた。

「そうか。御苦労でしたね……」

麟太郎は、木戸番に小粒を握らせて帰した。

麟太郎は、辰五郎に報せた。

「成る程、薄汚い狐《きつね》が飢えた狼《おおかみ》の群れに逃げ込んだって寸法ですか……」

辰五郎は苦笑した。

「ええ……」

麟太郎は頷いた。

「あの……」

おひさが掠《かす》れ声をあげた。

「おお、気が付いたかい……」

辰五郎と麟太郎は、おひさの枕元に詰めた。

「あっしたちはこう云う者だ……」

辰五郎は、懐《ふところ》の十手を見せた。

おひさは頷いた。

「助かって良かったな……」

麟太郎は喜んだ。

「あ、ありがとうございました。寅松は……」

おひさは、掠れ声で尋ねた。

「逃げ廻っている……」

「そうですか……」

「おひさ、寅松はどうしてお前さんを刺したんだ……」

麟太郎は尋ねた。

「私、寅松に美人局の片棒を担ぐのは、もう嫌だと云ったんです。そうしたら生涯付き纏《まと》うと脅されて。それを清助さんに相談したんです。そうしたら寅松、私と清助さんが情を交わしたと思い……」

おひさは眼を瞑《つむ》り、掠れ声で途切れ途切れに語った。

「清助を刺し殺した……」

麟太郎は読んだ。

「はい。自分を裏切り、馬鹿にしやがったから一思《ひとおも》いに息の根を止めてやったと……」

「寅松がそう云ったのか……」

「はい。間違いありません」

おひさは、眼を瞑ったまま頷いた。

眼尻から涙が溢《あふ》れて零《こぼ》れた。

清助を殺したのは寅松……。

麟太郎は、漸《ようや》く清助を刺し殺した者を突き止めた。

「して寅松は、どうしてお前さん迄……」

「私が別れると云い出したら脅したり賺《すか》したり、私が相手にせずに三味線を弾いていたら、清助さんと同じように自分を裏切り、馬鹿にしたと……」

「お前さんを刺したか……」

「はい……」

おひさは、疲れたように頷いた。

「よし、おひさ、もう休むんだね……」

辰五郎は、おひさを労《ねぎら》った。

「はい。生まれて来て、良い事なんか何もなかった……」

おひさは頷き、眼を瞑ったまま呟いた。

涙が再び零れた。

麟太郎は、おひさの哀しさを知った。

「麟太郎さん、どうやら日限尋ねは乗り切れそうですね」

辰五郎は、笑みを浮べた。

「ええ。ですが、安心するのは博奕打ちの寅松を捕まえてからです」

麟太郎は、厳しい面持《おもも》ちで頷いた。


不忍池は朝陽に煌めいた。

東叡山寛永寺は、辰《たつ》の刻《こく》五つ（午前八時）の鐘を鳴らした。

日限尋ねの午の刻九つ迄、後二刻《ふたとき》（約四時間）……。

湯島天神裏切通町の潰れた荒物屋は、未だ眠っていた。

麟太郎は見張った。

「どうですか……」

亀吉は、夜更けにやって来た麟太郎と交代で見張り、休んで腹拵《はらごしら》えをしたりした。

「変わりはありません。浪人共、未だ寝ているんでしょう……」

麟太郎は読んだ。

「そうですか。食詰め浪人の人数が分かれば良いんですがね」

亀吉は眉をひそめた。

「ええ。でも、いざとなれば、人数に構わず踏込みますよ」

麟太郎は、不敵な笑みを浮かべた。

刻は過ぎた。

巳《み》の刻《こく》四つ（午前十時）になっても、潰れた荒物屋の食詰め浪人たちは起き出して来なかった。

麟太郎は、拾って来た木の枝を脇差《わきざし》で削りながら見張った。

亀吉は、潰れた荒物屋の中の様子を窺って来た。

「巳の刻四つも過ぎたってのに、浪人共、未だ寝ていますよ」

亀吉は呆《あき》れた。

「ならば、寝込みを襲いますか……」

麟太郎は、木の枝を削って作った二尺（約六十センチ）程の短い木刀を一振りした。

木刀は、鋭い音を短く鳴らした。

「おう。どうだ……」

南町奉行所臨時廻り同心の梶原八兵衛が、連雀町の辰五郎と一緒にやって来た。

「梶原の旦那……」

亀吉と麟太郎は迎えた。

「して、清助を殺した寅松、此処に逃げ込んでいるのか……」

梶原は、潰れた荒物屋を眺めた。

「はい。食詰め浪人共と一緒に……」

「何人だ……」

「五、六人か、それ以上かも……」

亀吉は、厳しい面持ちで告げた。

「それ以上かも、か……」

「はい……」

亀吉は頷いた。

「日限尋ねの刻限も近いが、どうする……」

梶原は、麟太郎に尋ねた。

「はい。こっちが欲しいのは寅松の身柄、食詰め浪人たちに引き渡すように話してみますが、まあ、無理でしょうね……」

麟太郎は、笑いながら短い木刀を一閃した。

「よし。ならば、俺と連雀町は裏に廻るぜ」

梶原は告げた。

「亀吉は麟太郎さんとな……」

辰五郎は命じた。

「承知……」

亀吉は、緊張した面持ちで頷いた。

「よし。じゃあ……」

梶原は、辰五郎と共に潰れた荒物屋の裏手に廻って行った。

「さあて、始めますか……」

麟太郎は楽しげな笑みを浮べ、木刀に素振りをくれて潰れた荒物屋に向かった。

亀吉は、十手を握って続いた。


潰れた荒物屋の店は薄暗く、食詰め浪人たちの鼾《いびき》が幾重にも響いていた。

潜り戸が外され、光が一気に差し込んだ。

麟太郎と亀吉が、光を背にして入って来た。そして、店の土間を進んで奥の障子を音を立てずに開けた。

浪人たちの鼾と酒の匂いが溢《あふ》れ出た。

麟太郎と亀吉は、寝ている浪人の人数を素早く数えた。

手前の部屋に浪人が四人、次の間に浪人が三人と寅松……。

「浪人が七人と寅松……」

亀吉は、素早く見定めた。

「ええ。浪人は俺が押さえます。亀さんは寅松をお願いします」

麟太郎は囁いた。

「承知……」

亀吉は頷いた。

麟太郎は、柱を蹴飛ばした。

家が揺れ、二人の浪人が飛び起きた。

「やあ。そこにいる人殺しの寅松を引き渡して貰いに来たぜ」

麟太郎は笑い掛けた。

「お、おのれ。皆、起きろ……」

飛び起きた浪人が叫んだ。

寅松と浪人たちが起きた。

「寅松、清助殺しで一緒に来て貰うぜ」

麟太郎は命じた。

「冗談じゃあねえ……」

寅松は、浪人たちの背後に隠れた。
浪人たちは、刀を手にして麟太郎と亀吉を取り囲んだ。
「そうか。ならば、腕尽くで来て貰う」
麟太郎は、笑顔で行く手の浪人に木刀を一閃した。
浪人は額《ひたい》を鋭く打たれ、刀を抜き掛けたまま気を失って倒れた。
「おのれ……」
浪人たちが刀を抜き、麟太郎と亀吉に斬り掛かろうとした。
刀が鴨居《かもい》や壁に刺さり、浪人たちは狼狽えた。
麟太郎は、木刀を唸《うな》らせた。
二人の浪人は胸と腹を打ち据えられ、鴨居と壁に刺さったままの刀を残して悶絶《もんぜつ》した。
麟太郎は、木刀を唸らせて猛然と浪人たちと闘った。
浪人たちは、次々と鋭く打ち据えられて悶絶した。
亀吉は、寅松に襲い掛かった。
寅松は、醜《みにく》く顔を歪めて匕首を振るった。
残る浪人たちは、台所の裏口に逃げた。だが、台所で梶原と辰五郎に叩きのめされて悲鳴をあげた。

寅松は狼狽えた。

刹那、亀吉が十手で寅松の匕首を叩き落とした。

麟太郎は、寅松の首筋を鋭く打ち据えた。

寅松は呻き、その場に昏倒《こんとう》した。

亀吉は、昏倒した寅松に縄を打った。

麟太郎は、僅かに弾んでいる息を整えた。


午の刻九つ（正午）の鐘が鳴り始めた。

日限尋ねの刻限だ。

麟太郎は、縛り上げた博奕打ちの寅松を北町奉行所に引き立てた。

「定町廻り同心の堀田竜之介さんに、青山麟太郎が博奕打ちの清助を殺した寅松を捕え、引き渡しに来たと報せてくれ」

麟太郎は、表門の門番に告げた。

午の刻九つの鐘は鳴り終わった。

日限尋ねは終った。

「そうか。麟太郎、日限尋ねを乗り切ったか……」

根岸肥前守は、笑みを浮かべて頷いた。

「はい。見事に下手人を捕え、北町奉行所の定町廻り同心の堀田竜之介に突き出したそうにございます」

内与力の正木平九郎は報せた。

「それは良かった。それにしても麟太郎、少しは懲りたかな……」

「おそらく、それはないものかと……」

「ない……」

肥前守は、戸惑いを浮かべた。

「はい。梶原八兵衛によれば、麟太郎どのは日限尋ねを楽しんでいたようだと……」

平九郎は苦笑した。

「楽しんでいた……」

肥前守は眉をひそめた。

「はい。過ぎて行く刻《とき》に臆《おく》する事なく、騒がず狼狽えずと云いますか……」

「平九郎……」

「はっ……」

「それが、麟太郎にとって良い事なのかどうか……」

肥前守は、孫を心配する祖父の心配を露わにした。

「御奉行……」

「う、うむ。して平九郎、梶原八兵衛たちは切通町に蜷局《とぐろ》を巻き、人殺しを匿《かくま》った浪人たちをお縄にしたのだな」

「はっ。左様にございます」

「ならば褒美《ほうび》をな……」

「心得ました」

「うむ。そうか、麟太郎、日限尋ねに臆せず、騒がず狼狽えずか……」

肥前守は苦笑した。

戯作者閻魔堂赤鬼は、絵草紙を一気に書きあげて地本《じほん》問屋『蔦屋《つたや》』に持ち込んだ。

地本問屋『蔦屋』の二代目のお蔦は、赤鬼の絵草紙を一読して微笑んだ。

「良いじゃあない。大江戸閻魔帳・日限尋ね涙の爪弾《つまび》き……」

「そうか。良かった……」

赤鬼は安堵し、喜んだ。

文七は、連雀町の辰五郎に付き添われて大工『大吉』を訪れ、棟梁の吉次郎に詫びを入れた。

棟梁の吉次郎は、文七を許して大工『大吉』に再び迎えた。

大工『大吉』に戻った文七は、一生懸命に働き始めた。

いつか必ず家を借り、おみよを嫁に迎えて病の母親おとしを引き取るのを夢見て働いた。


傷の癒《い》えた三味線の師匠のおひさは、妻恋町の家からいつの間にか姿を消した。

生まれて来て、良い事なんか何もなかった……。

麟太郎は、おひさの呟きを思い出した。

おひさは、どのような生まれ育ちで生きて来たのだろう。

麟太郎は、おひさについて何も知らないのに気付き、悔んだ。

涙の爪弾き……。

麟太郎は、おひさの爪弾く三味線の音の物悲しさを思い出した。

本書は文庫書下ろし作品です。

|著者| 藤井邦夫　1946年北海道旭川市生まれ。テレビドラマ「特捜最前線」で脚本家デビュー。刑事ドラマ、時代劇を中心に、監督、脚本家として多数の作品を手がける。2002年に時代小説作家としてデビューし、以来多くの読者を魅了している。「大江戸閻魔帳」(講談社文庫)をはじめ、「新・秋山久蔵御用控」(文春文庫)、「新・知らぬが半兵衛手控帖」(双葉文庫)、「御刀番　左京之介」(光文社文庫)、「江戸の御庭番」(角川文庫)、「素浪人稼業」(祥伝社文庫)などの数々のシリーズがある。

三《みっ》つの顔《かお》　大江戸閻魔帳《おおえどえんまちょう》(二)
藤井邦夫《ふじいくにお》

講談社文庫
定価はカバーに
表示してあります

2019年5月15日第1刷発行

発行者――渡瀬昌彦
発行所――株式会社　講談社
東京都文京区音羽2-12-21　〒112-8001
電話　出版　(03)　5395-3510
　　　販売　(03)　5395-5817
　　　業務　(03)　5395-3615

デザイン―菊地信義
本文データ制作―講談社デジタル製作
印刷―――中央精版印刷株式会社
製本―――中央精版印刷株式会社

Printed in Japan

ISBN978-4-06-515951-4

講談社文庫刊行の辞

二十一世紀の到来を目睫に望みながら、われわれはいま、人類史上かつて例を見ない巨大な転換期をむかえようとしている。

世界も、日本も、激動の予兆に対する期待とおののきを内に蔵して、未知の時代に歩み入ろうとしている。このときにあたり、創業の人野間清治の「ナショナル・エデュケイター」への志を現代に甦らせようと意図して、われわれはここに古今の文芸作品はいうまでもなく、ひろく人文・社会・自然の諸科学から東西の名著を網羅する、新しい綜合文庫の発刊を決意した。

激動の転換期はまた断絶の時代である。われわれは戦後二十五年間の出版文化のありかたへの深い反省をこめて、この断絶の時代にあえて人間的な持続を求めようとする。いたずらに浮薄な商業主義のあだ花を追い求めることなく、長期にわたって良書に生命をあたえようとつとめるところにしか、今後の出版文化の真の繁栄はあり得ないと信じるからである。

同時にわれわれはこの綜合文庫の刊行を通じて、人文・社会・自然の諸科学が、結局人間の学にほかならないことを立証しようと願っている。かつて知識とは、「汝自身を知る」ことにつきていた。現代社会の瑣末な情報の氾濫のなかから、力強い知識の源泉を掘り起し、技術文明のただなかに、生きた人間の姿を復活させること。それこそわれわれの切なる希求である。

われわれは権威に盲従せず、俗流に媚びることなく、渾然一体となって日本の「草の根」をかたちづくる若く新しい世代の人々に、心をこめてこの新しい綜合文庫をおくり届けたい。それは知識の泉であるとともに感受性のふるさとであり、もっとも有機的に組織され、社会に開かれた万人のための大学をめざしている。大方の支援と協力を衷心より切望してやまない。

一九七一年七月

野間省一

講談社文庫 最新刊

塩田武士　罪の声

昭和最大の未解決事件を圧倒的な取材で描いた大ベストセラー！　山田風太郎賞受賞作。

上田秀人　竜は動かず　奥羽越列藩同盟顚末
〈(上)万里波濤編　(下)帰郷奔走編〉

仙台の下級藩士に生まれ、世界を知った玉虫左太夫《さだゆう》は、奥州を一つにするため奔走する！

森　博嗣　χ《カイ》の悲劇
〈THE TRAGEDY OF χ〉

トラムに乗り合わせた〝探偵〟と殺人者。Gシリーズ転換点となる決定的作品。後期三部作、開幕！

江波戸哲夫　新装版　ジャパン・プライド

リーマン・ショックに揺れるメガバンク。生き残りをかけた新時代の銀行員たちの誇り！

起業の星

リストラに遭った父と会社に見切りをつけた息子。経験か才覚か……父と子の起業物語。

藤井邦夫　三つの顔
〈大江戸閻魔帳《えんまちょう》(二)〉

若き戯作者《げさくしゃ》・閻魔堂赤鬼こと青山麟太郎は、ひょうひょうと事件を追う。〈文庫書下ろし〉

梶永正史　銃の啼《な》き声
〈潔癖刑事・田島慎吾〉

その事故は事件ではないのか？　潔癖刑事と天然刑事がコンビを組んだリアル刑事ドラマ。

原田伊織　三流の維新　一流の江戸
〈明治は「徳川近代」の模倣に過ぎない〉

〝令和〟の正しき方向とは？　未来へ続くグランドデザインのモデルは徳川・江戸にある。

柴崎竜人　三軒茶屋星座館 4
〈秋のアンドロメダ〉

〝三茶のプラネタリウム〟が未来への希望を繋ぐ。「星と家族の人生讃歌物語」遂に完結！

講談社文庫 最新刊

海堂尊
黄金地球儀2013
1億円、欲しくないか? 桜宮の町工場の息子に悪友が持ちかけた一世一代の計画とは。

藤田宜永
血の弔旗
重罪を犯し、大金を手にした男たち。昭和の時代と風俗を活写した不朽のサスペンス巨編。

石川智健
第三者隠蔽機関
警察の不祥事を巡って、アメリカ系諜報企業と日の丸監察官がバトル。ニューウェーブ警察小説!

石田衣良
逆《さか》島《しま》断《たつ》雄《お》〈本土最終防衛決戦編2〉
いよいよ上陸を開始した敵の大軍。祖国防衛か植民地化か。「須佐乃男《すさのお》」作戦の真価が問われる!

古野まほろ
陰陽少女
この少女、無敵! 陰陽《おんみょう》で知り、論理で解決。オカルト×ミステリーの新常識、誕生。

瀧羽麻子
サンティアゴの東 渋谷の西
仕事の悩み、結婚への不安、家族の葛藤。小さな出会いが人生を変える六つの短編小説。

吉川永青
化け札
戦国時代、「表裏比興《ひょうりひきょう》の者」と秀吉が評し、家康が最も畏《おそ》れた化け札、真田昌幸の物語。

西村賢太
藤澤清造追影
藤澤清造生誕130年——二人の私小説作家、二つの時代、人生を横断し交感する魂の記録。

講談社文芸文庫

加藤典洋
完本 太宰と井伏 ふたつの戦後
一度は生きることを選んだ太宰治は、戦後なぜ再び死に赴いたのか。師弟でもあった二人の文学者の対照的な姿から、今に続く戦後の核心を鮮やかに照射する。
解説＝與那覇 潤　年譜＝著者
かP4
978-4-06-516026-8

金子光晴
詩集「三人」
一九四四年、妻森三千代、息子森乾とともに山中湖畔へ疎開した光晴が、三人の詩を集めて作った私家版詩集。戦争に奪われない家族愛を希求した、胸を打つ詩集。
解説＝原 満三寿　年譜＝編集部
かD6
978-4-06-516027-5

講談社文庫 目録

2019年3月15日現在